단종비사

端 宗 祕 史

저자 **이정근**

단종을 위한 변명

나는
왕이다.

나는
조선 개국 이래
궁에서 적장자로 태어난 최초의 왕이다.

나는
세종의 세손 강서원(桂坊)에서 당대 최고의 석학들에게 공부하고
문종의 세자 시강원(春坊)에서 당대 최고의 원로들에게 교육받고
경복궁에서 만백성의 경하를 받으며 등극했다.
고로, 나는 무결점의 왕이다.

나는 소년 등극하여
왕의 지위에서 결혼한 최초의 임금이다.

내가 어리다고
나의 엄마, 아빠가 없다고
나의 외갓집이 권문세족이 아니다고

나의 처가 집안이 한미 하다고 무시했다.

내가 힘이 없고,
내가 배경 없고,
내가 세력이 없다고
나를 왕의 자리에서 끌어내려
영월에 유배 보내 죽인 숙부.
그는 왕위를 찬탈한 자다.
오로지 권력에 눈이 멀어
왕좌를 도둑질한 도적에 불과하다.
그를 추종하던 한명회, 권람, 홍달손, 양정의 역절질도 죄를 받아야
마땅하지만
왕실의 큰 어른 양녕대군, 효령대군의 동조는 이해할 수 없다.
그때, 존경하는 마음을 접었지만 지금도 변함이 없다.

세종 할아버지께서 '세손을 부탁한다'는 당부를 받았음에도
쿠데타 세력에 붙은 신숙주는 변절의 끝판왕이며
김질은 배신의 아이콘이다.

유교보다 더 높은 도덕과
더 깊은 의리를 추구하는 성리학적 가치를 칭송하며
평소에는 충과 효가 선비의 최고 덕목이라고 목소리 높이던 자들이
쿠데타 세력에 무임 승차하여 과실을 따 먹으려고
굴종하는 비열한 역사를 바로잡지 않으면 미래는 없다.

계유정난.

쿠데타로 등극한 세조.

그로부터 241년,

나 노산군에서 단종으로 복권 되었다.

이는 숙종이 할아버지를 부정해야 하는 고뇌의 산물이 아니라

수탈에 시달린 백성들의 민란과 사화와 예송논쟁을 거치면서

목소리가 커진 사림들의 조직적 저항의 결과이지

그의 대단한 정치력은 아니었다.

장희빈의 치마폭에 휩싸여

인현왕후를 내쳤다 들여오고

'환국정치'로 신하들을 롤러코스트를 타게하여

'깨방정'이라는 이미지가 있는 숙종을

쓰담쓰담 해주는 내 손이 부끄럽지만

그 역시 역사는 앞으로 나아간다는 사실을 증명하였을 뿐이다.

570년이 흐른 오늘날.

성공한 쿠데타도 단죄 될 수 있다는 것을 보여주고 있다.

역사의 준엄한 심판이다.

丙午 初春

목차

왕의 유배

궁궐 떠나는 임금님

인정전(창덕궁)

조선의 법궁이 경복궁이라면 창덕궁은 이궁(離宮)이다. 허나, 이것
은 공식적인 문서나 궁궐에 드나드는 대소신료들의 이야기 일 뿐,

격식을 따지는 것을 좋아하지 않는 백성들은 경복궁을 서궐, 창덕궁을 동궐이라 불렀다. 도성의 동과 서에 자리 잡고 있다는 위치 때문이기도 하지만 궐(闕)과 백성들의 삶 사이에는 벽과 괴리가 있다는 냉소가 깔려있었다.

골육상쟁으로 집권한 태종은 격무에 시달린 몸과 마음을 재충전할 새 궁궐터를 찾으라고 서운관에 지시했다. 당대의 도참 유한우와 윤신달이 백방으로 뛰어 찾아낸 곳이 매봉 아래 향교동이다. 수려한 경관에 매료된 태종은 음기가 쎄어 부적절하다는 이양달의 반대를 물리치고 공사를 명했다. 1년 만에 인정전, 소덕전, 선정전을 짓고 궁궐의 정문인 돈화문을 완공함으로써 궁궐의 면모를 갖추었다. 창덕궁이다.

정궁인 경복궁의 좌우 대칭과 달리 자연 지형을 최대한 살려 전각을 배치한 영건도감 제조 박자청의 파격적인 설계는 창덕궁만의 독특한 매력이었다. 1년 만에 창덕궁을 지어내는 박자청의 신묘한 '빨리빨리' 공법에 매료된 태종은 공조전서를 공조판서로 승격하고 그 판서에 박자청을 임명했다.

신궁(新宮)에 드나들며 휴식을 취하던 태종이 박자청에게 더 깊숙한 곳에 궁궐을 지으라고 명했다. 세자 양녕을 폐하고 충녕대군에게 양위하려는 마음을 가슴에 품고 있던 태종으로서는 시급한 문제였다.

천민 노비 출신으로 정1품 공조판서에 오른 박자청이 그의 천부적인 특기를 발휘하여 '빨리빨리' 공법을 적용한 건물이 완공되었다.

새 궁전에 입주하는 부왕의 만수무강을 빌며 변계량에게 의뢰하여 세종이 지어 올린 이름이 수강궁(壽康宮)이다.

수강궁에 날이 밝았다. 궁노들의 발걸음이 부산하고 임금에서 강등된 노산군을 호송할 군졸 50여 명이 첨지중추원사 어득해의 지휘를 받으며 대기했다. 예전 같으면 내금위 군사들의 호위였지만 지금은 병조에서 파견된 군졸들이다. 격이 달라진 것이다. 판내시부사 홍득경이 월대에 부복했다.

"준비가 다 되었습니다."

호칭이 사라졌다. 어제까지 상왕 전하로 모셨던 분을 하루아침에 노산군이라 부르기에는 저 자신의 양심이 허락하지 않았는지 어정쩡하게 넘어갔다.

"알았다."

자리에서 일어난 단종이 좌우를 휘둘러보았다. 오늘은 볼 수 있는 공간이지만 내일은 볼 수 없다. 마음이 싸하다. 천정을 쳐다보았다. 어제와 똑같은 천정에 할아버지 모습이 그려졌다. 무서운 얼굴은 아니었지만 가까이 다가가기에는 쉽지 않은 얼굴이었다. 직접 본 기억은 없지만 세종 할아버지로부터 많은 이야기를 전해 들은 증조부 태종이었다.

"할아버지는 상왕이 좋아서 이곳에 들어오셨지만 저는 숙부가 하라고 해서 억지로 상왕이 되었습니다."

태종은 무슨 말인가 할 듯 하더니만 빙그레 웃음만 띠고 있었다.

"할아버지는 수강궁에서 상왕을 즐기셨지만 저는 창살 없는 감옥이었습니다. 아름답게 지어진 이 집이 대대로 상왕전이 되지 않을까 염려됩니다."

뼈 있는 한 마디에 태종은 아무 말이 없었지만 밝은 모습은 아니었다.

"할아버지가 지어주신 집에서 잘 있다 갑니다. 언제 다시 이 집에 들어 올런지는 알 수 없지만 꼭 다시 오고 싶습니다."

고개를 돌리려는데 또 다른 할아버지 얼굴이 어른거렸다. 언젠가 본 듯한 얼굴이었다. 세종 할아버지였다.

"할바마마! 수양 숙부가 무서워요."

뛰어가 품에 안기고 싶다. 허나, 할아버지는 저 먼곳에 있다. 내려와서 머리를 쓰다듬어 줄 것 같았지만 내려오지 않고 인자한 얼굴로 내려다보고 있었다.

"이제 떠나면 다시는 돌아오지 못할 것 같아요. 저를 살려주세요."

눈물이 핑 돌았다. 내려와서 손이라도 잡아주면 울음이 터질 것만 같았다. 그 때였다. 호송 군관 김자행의 굵은 목소리가 수강궁을 울렸다.

"떠나실 준비가 다 되었습니다."

경칭은 없다. 앞뒤 다 잘라버리고 사뭇 명령조다. 정통 무인으로 단련되어서일까? 목소리가 건조하다.

문을 열고 밖으로 나왔다. 밝은 햇살이 쏟아지고 있었다. 눈부시다. 일산을 받쳐 주는 사람도 없다. 손을 들어 햇살을 가린 노산군이 가마에 올랐다. 죄를 받아 유배 떠나는 죄인에게 가마는 허용되지 않는다. 허나, 단종은 가마를 탔다.

이 문제로 조정에서는 어제 밤늦게까지 격론이 벌어졌다. '죄인이니까 함거에 실어 보내야 한다.'는 이조판서 주도의 강경파와 '말 태워 보내자.'는 우참찬을 비롯한 중도파, '백성들의 눈과 귀가 있으니 가마 태워 보내자.'는 예조판서를 중심으로 한 온건파가 각을 세웠다.

첨예한 대립에서 강경론을 이끌었던 자는 판의금부사와 도총관을 겸하고 있던 이조판서 한명회였다. 그는 몇 일 전까지 도승지였으나 수양의 총애를 받아 고속 승진했다.

　동궐의 정문은 돈화문이다. 동쪽에 정문 못지않은 큰 문을 지어야 한다는 말은 있지만 아직 착공조차 하지 못했다. 죄인의 정문 통과는 금기사항이다. 단종을 태운 가마가 언덕을 내려가 선인문을 통과했다. 시전과 배오개 시장에서 궁궐에 납품하는 곡식 수레와 채소가 드나드는 문이다.

　배오개 시장 어름에서 동쪽으로 방향을 꺾은 가마가 흥인문을 향하여 빠르게 움직였다. 그 뒤를 대여섯 필의 말이 뒤따르고 창을 꼬나 쥔 50여 명의 군사가 종종걸음으로 뒤따랐다. 예사롭지 않은 행렬을 발견한 백성들은 무슨 행차인지 궁금하여 쳐다보았다. 하지만 그것이 숙부에 의해 영월로 유배 떠나는 임금이라고는 상상도 하지 못했다.

　이때였다. 정업원에 있던 송씨에게 단종의 유배 행렬이 흥인문을 통과했다는 소식이 날아들었다. 화들짝 놀란 송씨가 버선발로 뛰어나갔다. 한참 뛰다보니 맨발이었다. 정신없이 뛰어가느라 버선이 벗겨지는 줄도 몰랐다.

흥인문을 통과한 가마 행렬이 역일계(驛一契)에서 주막을 끼고 남쪽으로 방향을 틀었다. 삼남에서 올라온 나그네들이 도성에 들기 전 마지막으로 들러 국밥에 탁배기 한 잔을 걸치던 주막이다.

지체 높은 사람은 소나기가 퍼부어도 뛰어서는 안 된다. 양반의 품위 유지법이다. 서인으로 강등 되었지만 한 때는 이 나라의 국모였고 지금도 시녀들로부터 중전으로 불리우는 송씨가 숨을 헐떡이며 뛴다는 것은 남세스럽다. 허나, 지금 그런 것을 따질 겨를이 없다. 행렬을 놓치면 두 번 다시 볼 수 없을 것 같다. 숨이 턱까지 차올랐지만 멈출 수 없었다.

여인시장에 이를 무렵 호송 군사 후미를 따라잡을 수 있었다. 치마를 여며 쥔 송씨가 군사들을 헤집고 앞으로 나아갔다. 때마침 백성들의 통행이 많아 그들을 통제하기 위하여 다리 들머리에 가마가 멈춰 있었다.

광나루와 송파나루를 건너 한양으로 입성하는 중요 다리라 하여 왕십평교라 불리기도 하고 영미골에 있다하여 영미다라라 불리기도 한 다리는 한양 입성의 중요 길목이었다.

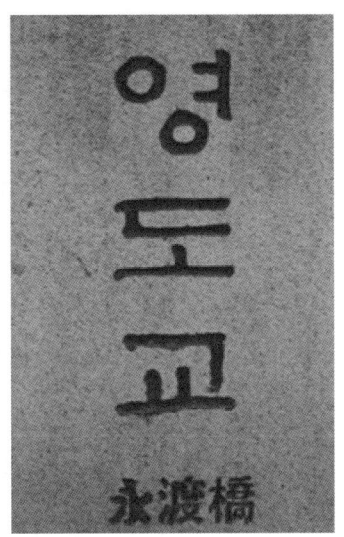

영도교

"바람을 쏘이고 싶소. 가마에서 내려도 되겠소?"

비좁은 가마에서 답답함을 느낀 단종이 호송대장 김자행에게 나직이 청했다.

"그리하십시오."

단종이 가마에서 내렸다. 군사들이 이리 뛰고 저리 뛰면서 동분서주하고 있었다. 행인을 통제하고 수레가 건너기 위한 준비 작업이다.

"정업원이 어디 있소이까?"

중전이 정업원으로 들어간다고 했다. 흥인문 밖 인창방이라는데 어디쯤일까? 궁금했다. 떠나기 전 중전이 있는 그곳이라도 한 번 바라보고 싶었다.

"저기 석산 끝자락에 비구니 승방이 있는데 그곳에 있습니다."

뒤를 돌아보았다. 거기에는 낯익은 얼굴이 있었다. 순간, 피가 역류하는 것 같았다. 바람결에 휘날린 머리칼이 흐트러져 있었고 치마를 여미 쥔 모습이 여염집 아낙 같기도 했지만 분명 중전 송씨였다.

송씨 역시 단종의 모습이 시야에 들어오는 순간, 심장이 멎는듯했다. '전하!' 라고 부르며 뛰어나가고 싶었지만 말은 나오지 않고 몸은 굳어버렸다. 팔딱거리며 뛰던 가슴이 잦아들며 숨이 멎어오는 것만 같았다. 그리고 흐르는 것은 눈물이었다.

"오르소서."

판내시부사 홍득경의 목소리가 들려왔다. 가마에 오르려던 단종이 다시 한 번 뒤를 돌아보았다. 거기에는 분명 여인이 그대로 서 있었다. 망부석이라면 눈물도 없으련만 그 여인의 두 눈에서는 빗물 같은 눈물이 하염없이 흘러내리고 있었다. 이렇게 헤어진 다리를 사람들은 '영영 돌아오지 못하는 다리'라 하여 영도교라 불렀다.

　　정업원으로 돌아온 송씨는 동망봉에 올라 동쪽 하늘을 바라보았
다. 나 하나의 사랑, 서방님이라고 불러 보았지만 메아리가 없었다.
땅거미가 깔릴 때 까지 그 자리에 서 있었지만 단종의 모습은 시야
에 잡히지 않있다. 징입원으로 돌아온 송씨는 잠자리에 들있지만
잠을 이룰 수 없었다. 꼬마 신랑을 맞아 시집가던 날이 자꾸만 떠올
랐다.

꼬마 신랑이 장가 간다네

정월 스무 나흘 날. 임금이 장가가는 날이다. 혼례를 치른 세자가 왕위에 등극하는 일은 있었지만 용상에 있는 임금이 가례를 치르는 것은 개국 이래 처음 있는 일이다. 이렇게 경사스러운 날. 만백성의 경하를 받아야 마땅하지만 꼭 그렇지만은 않다. 국상 중이기 때문이다.

백악에서 내려오는 찬바람이 매섭다. 아직 동장군이 기승을 부리는 한 겨울이다. 칼바람 마다하지 않고 늘어선 문무백관의 경하를 받으며 면목을 갖춰 입은 임금이 어좌(御座)에 올랐다. 효령대군과 호조판서가 앞으로 나아갔다. 사정전 합문 밖에 시립하고 있던 전교관이 아뢰었다.

"왕비를 봉영하라 사자에게 명하소서."

판 내시가 환시 2명을 대동하여 교서함을 받들고 들어왔다. 내직 별감이 교서함을 받아 전교관에게 건네주고 부복했다.

"교서를 받으시오."

사자(使者) 효령대군이 꿇어앉았다.

"효령대군 이보와 호조판서 조혜에게 명한다. 왕비를 봉영하라."

전교관이 교서함을 받아 부복하고 있던 효령대군에게 내려주었다. 봉례랑의 인도에 따라 밖으로 나온 사자가 교서함을 가마에 모셨다. 앞에서 세장(細仗)과 고취(鼓吹)가 인도하고 교서를 실은 가마가 움직이기 시작했다. 그 뒤를 사자 이하 관원이 뒤따랐다.

사자 일행이 왕비 집에 도착했다. 허나, 이제는 낳고 자랐던 송현수의 집이 아니다. 사가에서 자란 여자가 궁에 들어가 내명부 수장 노릇을 하려면 궁중 법도를 익히고 배워야 한다. 궐에서는 말 한마디, 걸음걸이 하나까지도 다르다. 책비를 마친 왕비는 효령대군 사저에 들어가 왕실 법도를 배우고 있었다.

후궁으로 간택된 예원군사 김사우의 딸은 숙의로 봉해져 밀성군 이침의 집에서 왕실 법도를 익히고 있었고, 전 사정 권완의 딸 역시 숙의로 봉해져 대사헌 권준의 집에서 교육을 받고 있다. 임금 혼인에 왕비와 후궁, 처와 첩 3명의 여자가 일시에 간택된 것이다.

동문조도(겸재 정선) 이화여자대학교 박물관 소장

효령대군 사저는 사람으로 넘쳐나고 골목길은 인산인해를 이루었다. 임금의 누이 경혜공주와 문종 후궁 양씨 소생 경숙옹주는 물론 종친과 문무백관 1품 이상의 부인들이 총 출동하여 효령대군 사저로 모여들었다. 왕비를 봉영하기 위해서다. 흥인문 밖 효령대군의 저택은 말 그대로 문전성시였다.

말에서 내린 사자가 막차에 들어가 교서를 진열했다. 뒤이어 경창부 소속 관원들이 대문밖에 의장(儀仗)을 도열했다. 사복시 윤은 왕비가 타고 갈 가마를 대문 밖에 대기하고, 6상궁 이하 여관(女官)들은 내문에 들어가 시위했다.

적의(翟衣)를 갖춰 입은 왕비가 내문 밖 사당 앞에 섰다. 그 뒤에 조복을 갖추어 입은 송현수와 그의 부인이 배석했다.

"신 효령대군 이보는 교서를 받들어 왕비를 모시려 합니다."

정사 효령대군이 정중하게 청했다.

"신(臣)이 삼가 전교를 받들겠습니다."

송현수가 나아가 네 번 절하고 북향하여 꿇어앉았다.

"정사 효령대군과 부사 호조판서가 예를 갖추어 왕비를 맞이하게 한다."

교서 선포를 마친 효령대군이 송현수에게 교서를 건네주었다. 송현수가 뒷걸음으로 물러가 교서를 가슴에 품고 그대로 북향하여 꿇어앉았다. 부사로부터 기러기를 전해 받은 효령대군이 송현수에게 주었다. 송현수가 기러기를 받아 좌우(左右)에게 주고 북향하여 섰다.

"주상 전하의 명을 받아 사자 효령대군이 교서를 선포하고 예를 갖추어 맞이하시므로 외람되게 소신이 대례를 받드니 송구하고 두렵습니다. 삼가 옛날의 전장을 이어받아 엄숙히 전교(典敎)를 받들겠습니다."

낭독을 마친 송현수가 전교관에게 전함을 건네주었다. 전함을 받든 사람이 먼저 나가고 그 뒤를 봉례랑의 인도에 따라 사자가 나갔다. 뜰 서쪽에 허리를 접고 서 있던 송현수는 전함이 집을 빠져나갈 때까지 허리를 구부리고 서 있었다. 이어 상궁이 왕비를 인도하여 배위(拜位)에 나아갔다.

궁중결혼식

"네 번 절하시오."

상의(尙儀)가 계청 했다. 왕비가 북쪽을 향하여 네 번 절하고 일어섰
다. 송현수가 왕비 가까이 다가갔다.

"경계하고 공경하여 명령을 어기지 말지어다."

아버지로서 마지막 당부다. 이 순간이 지나면 이제부터는 왕비와
신하다. 하대는 이것으로 끝이다. 왕비 어머니가 서쪽 계단 위에서
왕비의 옷깃을 여며 주고 수건을 매어 주었다.

"공경하고 공경하며 명령을 어기지 말거라."

어머니 민씨가 왕비의 옷깃을 가다듬어 주었다. 대견스럽고 아쉽다. 이제 떠나가면 품속에서 자랐던 딸자식이 아니다. 한 나라의 국모가 되고 왕비와 신하로 신분이 갈린다.

왕비가 가마에 올랐다. 앞에서 상궁이 인도하고 6상궁 이하 여관(女官)이 그 뒤를 이었다. 가마가 대문 밖에 나갔다. 기다리던 사자 일행이 차례대로 말을 타고 왕비의 가마를 뒤따랐다.

땅거미가 짙어가는 저녁. 광화문을 통과한 왕비의 가마가 사정전에 도착했다. 상침의 지시에 따라 일산과 부채를 든 여관이 앞뒤에 죽 늘어섰다. 왕비의 가마가 큰 천막 앞에 이르렀다.

"내리소서."

상의가 계청 했다. 왕비가 가마에서 내렸다. 처음 밟아보는 궁궐이다. 가슴이 설렌다. 궁궐의 땅은 폭신하고 부드러울 것으로 생각했는데 여느 땅과 똑같이 딱딱했다. 상궁이 왕비를 인도하여 합문 밖 서쪽에 동향하여 섰다.

임금이 어좌에서 내려왔다. 상궁이 앞에서 인도하여 합문(閤門) 동쪽에 나아가 서향하여 왕비에게 읍(揖)하고 들어가게 했다. 스치면서 색시의 얼굴을 슬쩍 봤다. 하지만 고개를 숙이고 있어 자세히 볼 수 없었다. 장가가는 것을 반대했지만 신부가 바로 눈앞에 있으니 보고 싶다.

"어떻게 생겼을까?"

호기심이 발동했다. 옆 눈으로 살짝 훔쳐보았지만 신부가 고개를 숙이고 있어 보이지 않았다. 아쉽다.

"고울까? 미울까?"

뒤돌아 다시 보고 싶지만 체신을 지켜야 한다. 일국의 임금이지 않은가. 마음을 고쳐먹으며 상궁의 안내를 따랐다. 임금이 중계로 올라가고 상궁이 왕비를 인도하여 뒤따라 올라갔다. 촛불을 쥔 사람들이 동쪽 계단과 서쪽 계단에 죽 늘어섰다.

임금이 왕비에게 읍(揖)하고 방에 들어가 동쪽에 앉았다. 이어 상궁의 안내를 받은 왕비가 동향하여 서쪽에 앉았다. 상식(尚食)이 소속 관원을 거느리고 진찬을 들고 들어와 임금과 왕비 앞에 차렸다. 상식 여관 2명이 술과 잔을 가지고 들어왔다. 술을 따른 여관 한 사람은 전하에게 드리고 한 사람은 왕비에게 올렸다.

임금과 왕비가 잔을 받아 땅에 뿌렸다. 땅의 신에게 제사 지내는 의식이 끝나자 상식(尚食)이 탕을 올렸다. 임금과 왕비가 음식을 땅에 뿌렸다. 상의(尚儀)가 지신(地神) 예를 마쳤다고 아뢰었다.

"일어나소서."

상의(尚儀)가 계청 했다. 상궁이 전하를 인도하여 동쪽 방에 들어가 면복을 벗고 평상복을 입도록 했다. 그 사이 왕비에게 돌아온 상궁이 왕비를 인도하여 천막에 들어가 적의를 벗고 평상복으로 갈아입게 했다. 잠시 후, 상궁이 임금을 인도하여 악차에 들어왔다.

임금은 동쪽에 왕비는 서쪽에 마주 않았다. 그러나 말은 없었다. 왕비를 시중드는 사람이 전하의 찬(饌)에 남은 것을 싸고, 전하를 시중드는 사람은 왕비의 찬(饌)에 남은 것을 쌌다.

"안으로 드소서."

상궁이 앞서고 왕비가 임금의 뒤를 따랐다. 교태전에 도착했다. 왕비의 처소다. 하늘의 기를 받아 왕자를 생산해야 하기에 지붕에 용마루가 없는 것이 특이하다. 방에는 상침(尚寢)이 갓저고리 침구를 깔아놓아 푸근하고 따뜻했다. 가운데에는 합환주가 차려져 있고 등촉이 각각 3개씩 켜져 있었다. 임금은 동쪽에 앉고 왕비는 서쪽에 앉았다.

상식(尚食)이 합환주를 따라 올렸다. 임금이 술잔을 입가에 가져갔다. 향이 좋다. 한 모금 마셨다. 이제까지 접해보지 못했던 술 기운이 온몸에 퍼졌다. 상식이 안주를 집어 올렸다. 임금 앞에서 물러난 상식이 왕비에게 다가가 술잔을 올렸다. 왕비가 잔을 받아 입술을 살짝 적셨다. 국화 향이 입안 가득 퍼졌다.

상궁이 6개의 등촉 중 하나만을 남겨두고 모두 껐다. 은은한 어둠이 방안을 감쌌다. 상식이 먼저 나가고 상궁이 뒤따라 방을 빠져나갔다. 이제 방에는 임금과 왕비 단 둘이다.

임금님의 첫날밤 서방님! 불을 꺼 주세요

등촉. 국립민속박물관 소장

이경이 지난 야삼경(夜三更). 솔잎 사이로 흐르던 바람 소리도 잦아들고 고요하다. 문밖에서 내기하고 있는 상궁과 나인들의 숨소리가 들리는 듯했다. 이럴 수가 없다. 숨 막힐 것 같은 적막이다. 방안에 들어있는 신랑 신부도 그렇지만 밖에서 이를 지켜보고 있는 지밀상궁도 가슴이 터질 것 만 같다.

가슴이 방망이질하는 것은 신부지만 신랑이 더 떨고 있다. 신부보다 나이 어린 연하의 신랑이기 때문이다. 신부 얼굴을 보고 싶지만 고개를 숙이고 있어 그마져 볼 수 없다. 마음 같아서는 '고개를 들라.' 이르고 싶지만 그 말은 목에서만 맴돌 뿐, 입 밖으로 나오지 않았다. '임금이 이래서는 안 된다.' 마음을 다 잡아 보지만 소용이 없다. 입술이 탄다. 목마른 자가 우물을 판다 했던가. 침묵을 깨고 신랑이 입을 열었다.

"상궁들과 같이 있을 때는 단둘이 있고 싶었는데 막상 단둘이 있게 되니 어색하여 무슨 말을 해야할 지 모르겠소."
"……."

신부는 고개를 숙이고 아무 말이 없었다.

"상궁을 들어오라 하고 싶은데 어찌 생각하오?"

낯선 여자와 함께 있다는 것이 부담스러웠나. 제3의 여자를 불러들이겠다니. 열세 살 어린 신랑의 한계다.

"소첩이 술 한 잔 올리고 싶습니다. 윤허해주소서."

효령대군 사저에서 엄격한 왕실 법도를 배워서일까? 긴장해서일까? 아니면 부부인 마님의 엄명이 중압감으로 다가와서일까? 딱딱하게 규격화된 목소리가 신부의 입에서 튀어나왔다.

"단 둘이 있는데 윤허라니 당치 않습니다. 그런 소릴랑 거두고 괘념치 마시오."

그래도 남자라고 신랑이 목소리에 무게를 실었다.

"전하! 술 한 잔 받으십시오."

신부가 학이 상감 된 청자 주전자를 들었다. 부끄러워서일까? 남자에게 처음 술을 따라서일까? 신부가 붉어진 얼굴을 더욱 숙였다.

"이렇게 단둘이 있는데 전하라 하니 거북하오."

술잔을 받으며 임금이 지긋이 내려다보았다.

"그럼 어떻게 부르오리까?"
"서방님이라 불러 주시오."

약간 장난기다. 하지만 진심이었다.

"네에?"

'서방님'이란 사사에서나 쓰는 말이나. 화들짝 놀란 신부가 고개를 들어 임금을 바라 보려했으나 고개가 들어지지 않았다.

"왜 그렇게 놀라시오?"

짐짓 근엄한 척 했지만 놀라는 신부가 너무 귀엽다.

"서방님이라니요?"

"그렇소."

"아니 되옵니다. 전하!"

"지아비를 서방님이라 부르는데 무에 안 될 것이 있소?"

"소첩은 지엄하신 전하를 서방님이라 부르는 것은 불경이라 배웠습니다."

"그렇게 배웠어도 내가 괜찮다면 괜찮은 것이오."

"서방님이라 함은 아랫것들이 부르는 소리입니다."

"백성 없는 군주가 어디 있으며 아랫것들 없는 윗 것이 어디 있겠소?"

"망극하옵니다. 전하!"

"어허! 서방님이라고 부르라 하지 않았소."

"아니 되옵니다. 전하!"

"내가 괜찮다 하면 관계하지 아니한 것이오. 자, 한 번 불러 보시오."

어린 신랑이 신부 가까이 다가가 손을 잡았다.

"아니 되옵니다. 서방님!"

한사코 안 하겠다던 말이 자신도 모르게 튀어나왔다. 당황한 신부가 손으로 입을 막았다. 섬섬옥수(纖纖玉手) 가녀린 손 위로 붉게 물든 얼굴이 반사되었다. 철쭉 같은 붉음이 우윳빛 손위로 흘러내렸다. 저녁노을처럼 아름다운 붉음이었다.

당황한 신부가 허리를 뒤로 젖혔다. 신부의 손을 따라가던 신랑의 어깨가 신부의 가슴에 닿았다. 그 때였다. 이제까지 느껴보지 못했던 촉감이 어깨를 타고 온몸에 퍼졌다. 전율이었다. 그것은 살도 아니고 근육도 아니고 뼈도 아니었다. 봉긋했지만 밀려들어가고 밀려들어가면서도 다시 밀어내는 오묘한 둔덕이었다.

지금까지 접해보지 못했던 미지의 땅. 그렇지만 향수를 자아내는 마력의 대지. 그곳은 가보고 싶었지만 가볼 수 없었던 곳. 희미한 기억 속에 남아 있을 것 같았지만 찾아보면 없는 곳. 얼굴을 묻어보고 싶은 계곡에 살짝 피어 오른 소담스러운 봉우리였다.

어린 임금에게는 이성에 대한 기억이 없다. 생모 현덕왕후는 자신이 태어난 바로 이튿날 세상을 떠났고 단 하나의 혈육 경혜공주는 그의 나이 열 살 때 영양위에게 시집갔다. 할머니와 유모의 손에서 성장했지만 아릿한 여성에 대한 추억이 없다.

세자는 시강원에서 경전과 대학연의만 공부하는 것이 아니다. 보정(保精)이라는 성교육도 받았다. 하지만 그것은 생리현상에 대한 교과서적인 교육일 뿐 실전에 약하다. 시기에서는 춘회첩(春畵帖)으로 보충수업을 받지만 궁에서는 그것마저도 여의치 않았다.

세자의 몸이 성숙해지면 몸으로 부딪치며 성교육을 담당하는 궁녀로부터 집중 교육을 받았다. 상침(尚寢)소속 그 궁녀는 교육이 끝나면 6개월간 궁에서 머무르다 조용히 사라졌다. 그 기간은 임신 여부를 확인하기 위한 시간이다. 이 때 임신 징후가 포착되면 말끔히 정리하고 떠나는 건 기본이다. 그리고 궐밖에 나가 입을 뻥긋하면 죽음이다. 신랑은 그 기회마저 없었다. 부왕이 갑자기 승하했고 부랴부랴 등극했기 때문이다.

신랑이 신부의 옷고름을 잡았다. 그러나 신랑의 손은 더 이상 나가지 못했다. '오늘은 신부의 옷을 벗겨주는 날이니 서두르지 말고 천천히 하소서'라고 상궁으로부터 누누이 얘기를 들었지만 처음 본 사대부집 처자의 옷을 벗긴다는 것이 도무지 이해가 되지 않았다.

"남자가 해서는 안 되는 일이야. 있을 수 없는 일이지… 그런데 왜 날더러 신부의 옷을 벗기라 했을까?"

의문이 꼬리를 물었다. 머리가 복잡하다. 혼란이 왔다. 옷고름을 잡은 신랑의 손이 더 나가지 못하고 멈춘 상태로 시간이 흘렀다.

"전하! 불을 꺼주세요."

신부의 얼굴에 잔잔한 미소가 지나갔다. 그 순간 얼굴에 계곡이 만들어지며 우물이 파였다. 볼우물이다. 허나, 신랑은 그 우물을 보지 못했다.

신부의 얼굴이 붉어졌다. 신랑이 저고리의 옷고름을 잡고 있으니 이제 얼마 후면 맨살이 드러난다. 부끄럽다. 문밖에 사람이 있는 것 같고 아무리 신랑이라 하지만 처음 본 남자 앞에 맨살을 드러낸다는 것은 부끄러운 일이다.

“또 전하입니까? 서방님이라 불러주지 않으면 꺼주지 않겠습니다.”

신랑이 장난기 어린 으름장을 놓았다.

“네, 명에 따르겠습니다. 서방님! 불을 꺼 주세요.”

신랑이 일어나 등촉의 불을 껐다. 완전 어둠이다.

“휴우! 이제 됐다.”

밖에서 지켜보고 있던 지밀상궁이 가슴을 쓸어내렸다. 하지만 안심하기엔 아직 이르다. 긴장의 끈을 놓지 않고 방안을 주시했다.

세자가 어린 나이에 혼례를 올릴 경우 가임능력을 발휘하는 16세까지 합방을 유보하는 것이 관례였다. 몸이 성숙하기를 기다린 것이다. 하지만 이번 임금의 가례는 그러한 관례를 적용할 수 없다. 수양대군의 엄명이 있었기 때문이다.

자리에 돌아온 신랑이 다시 옷고름을 잡았다. 신부의 가슴이 콩닥콩닥 뛰었다. 떨림이다. 떨림은 순수의 결정(結晶)이다. 그 떨림이 신랑의 손을 타고 심장으로 전해졌다. 신랑의 가슴도 덩달아 뛰었다.

조금만 힘을 가하여 아래로 내리면 매듭이 풀린다. 혼례를 올렸다 하지만 남자의 손에 의하여 옷고름이 풀린다는 것은 얼굴 화끈거리는 순간이다. 하지만 신랑의 손은 아래로 당기지 않았다.

잠시 머뭇거리던 신랑의 손이 오른쪽으로 슬금슬금 이동했다. 예민해진 신부의 신경도 신랑의 손을 따라 움직였다. 봉긋한 곳에서 신랑의 손이 멈추었다. 정상이다. 신부의 심장도 멎는듯했다. 모든 것이 정지한 느낌이었다.

신부의 봉긋한 곳에서 따뜻한 체온이 전해져 오는 것만 같았다. 뭐가 뭔지 모르지만 이대로가 좋았다. 어머니의 가슴에 대한 기억은 없지만 엄마의 가슴이 이랬을 것 같았다. 푸근했다. '전하'라는 소리 듣지 않고 이대로 시간이 정지했으면 좋겠다.

신랑이 움푹 파인 계곡에 얼굴을 묻었다. 넓은 것 같으면서도 압박하는 촉감이 미묘했다. 감싸주는 느낌이 이렇게 좋은 줄 처음 알았다. 그것은 싸임의 감미로움이었다. 달콤했다. 그리고 솜털 같은 편안함이었다.

왕좌(王座)도 싫고 권세도 싫다. 이대로 온 세상이 멈추었으면 좋겠다. 얼마의 시간이 흘렀을까? 신부의 가슴에 얼굴을 묻었던 신랑이 새근새근 잠이 들었다. 그 모습을 내려다보던 신부가 꼬마 신랑의 손을 감쌌다. 따뜻한 손이었다. 신부의 봉긋한 봉우리에 신랑의 손이 있었고 그 손위에 신부의 손이 포개졌다. 참 따뜻한 밤이었다.

옆구리가 시리면? 장가를 가야지요

천하제일복지. 청와대 경내에 있으며 회맹단이라 비정되고 있다

차가운 바람이 폐 속을 파고든다. 춥다. 엊그제까지만 해도 낙엽을
굴리던 온화한 갈바람이 어느새 쌀쌀함으로 무장했다. 겨울로 가는

동장군이 입동 문턱을 넘었으니 이제 머잖아 소설(小雪)이다. 싸한 바람이 조복 깃을 파고든다.

함길도에서 발생한 이징옥의 난을 제압한 수양은 회맹단을 찾았다. 형식은 임금이 정난공신을 대동하고 회맹제를 올리는 모양새를 취했으나 사실은 수양이 조카를 데리고 간 것이다.

"조선국왕 신(臣) 홍위는 삼가 정난공신 숙부 영의정부사 수양대군, 좌의정 정인지, 우의정 한확, 운성부원군 박종우, 판중추원사 김효성, 의정부 좌찬성 이사철을 거느리고 감히 천지신명과 종묘사직, 산천백신(山川百神)의 영(靈)에게 고 하나이다.

내가 어린 나이에 대업을 이어 어떻게 국정을 펼칠 바를 몰라 대신에게 정사를 맡겼는데 간신 황보인·김종서·이양·민신·조극관이 조정의 질서를 어지럽히며 안평대군 이용에게 아부하고 변방의 장수 이징옥과 결탁하여 모책(謀策)을 꾸미는 것을 숙부께서 간흉을 전멸(剪滅)하고 왕실을 보전하였습니다.

역적도당은 끝까지 추적하여 도륙 내어야 마땅하나 수양대군께서 온정으로 용서하고 상으로 보답하여 영세토록 하였습니다. 이에 길한 날을 골라 신명께 고하고 산하를 가리켜 맹세하여 그 우호를 영원토록 하는 바입니다.

아울러 말하노니, 회맹한 신하들은 초심을 잃지 말고 왕실에 협보할 것이며 절의를 태만히 하지 말지어다. 나도 또한 이 융공을 생각하여 참소(讒訴)에 마음을 움직이지 않을 것이니 군신이 일체 되어 지성으로 기쁜 일과 슬픈 일을 같이할 것이로되 혹 어김이 있으면 신령이 반드시 죽일 것이니 이 맹세를 마음에 간직하여 종시 변하지 말라."

조선 초, 개국공신과 좌명공신의 회맹제는 삽혈(歃血)이 대미를 장식했다. 살아있는 사슴을 잡아 그 피를 마시고 피묻은 입술을 마주 보며 '서로 변치 말자.'고 맹세하는 의식이다. 일종의 무인(武人)문화다. 하지만 이번 회맹제에는 '어린 임금에게는 적절하지 않다.'는 이유로 삽혈이 생략되었다.

경회루(경복궁)

회맹단에서 내려온 일행을 위한 연회가 경회루에서 펼쳐졌다. 하오의 태양이 경회루 연못에 내려앉았다. 살얼음에 반사한 햇빛이 눈부시다. 진수성찬이 차려지고 풍악이 울렸다. 수양이 임금 가까이 다가갔다. 부르지 않으면 갈 수 없는 지근거리다. 여느 때 같으면 운검의 제지를 받거나 탄핵을 받을 불경이다. 하지만 수양은 아랑곳하지 않았다.

"경하 드립니다. 전하!"
"숙부가 경하 받아야지요."

언중유골이다.

"경회루의 글씨를 바라보면 기(氣)를 받아 힘이 솟습니다."
"그 힘의 기를 받습니다."

불편한 진실이 송곳처럼 튀어나왔다. 뜻밖의 연타에 냉랭한 기운이 감돌았다. 머쓱해진 수양이 화제를 바꿨다.

"편액을 누가 쓰셨는지 아십니까?"
"그야 숙부님의 백부님이시죠."

정확히 알고 있다. 수양의 백부라면? 세종의 형님 양녕대군이라는 뜻이다.

"세상에는 자리에서 내려오려는 사람이 있는가 하면 기를 쓰고 오르려는 사람이 있습니다."

"욕심이 크면 오르려는데 목적을 두고 욕망이 크면 자리에 연연하겠지요."

혼잣말처럼 읊조리던 임금이 고개를 들었다. 목멱산 너머 관악산이 어슴푸레 시야에 잡혔다. 아우 충녕대군에게 세자 자리를 내준 양녕대군이 한동안 은거했던 곳이다.

연주대(관악산)

"연주암에서 경복궁을 내려다보던 심정이 어떠하셨습니까?"

가까이 있다면 묻고 싶었지만 이 자리에 없다. 효령대군은 바로 눈앞에 있지만 정치와 담을 쌓은 양녕은 멀리 있다. 폐위인지 양위인지 그것이 중요하지 않다. 자리를 내준 것 뿐인데 죄인이 되어 팔도를 떠다니고 명산대찰을 유람 중이다. 아마 묘향산 어디에 있을 것 같다. 자신에게도 그러할 날이 다가오는 것만 같았다.

"경회는 무슨 뜻이라고 알고 계십니까?"

수양이 침묵을 깼다.

"'올바른 정사를 펴는 임금은 올바른 사람을 얻는 것으로 근본을 삼았으니 올바른 사람을 얻어야만 경회(慶會)라고 할 수 있다.'는 뜻이지요."

조선 개국 이래 명실상부한 최초의 왕세손으로 태어나 세손 교육과 세자 교육을 받은 임금답다. 세종도 경복궁 밖 순화방에서 정안대군의 아들로 태어나 평이한 교육을 받았고 문종 역시 세종이 충녕대군으로 있을 때 대군의 아들로 태어나 평범한 교육을 받았다. 하지만 단종은 경복궁에서 세자의 아들로 태어나 세종 재위 시에는 강서원(講書院) 교육을 받았고 문종 재위 시 시강원(侍講院) 교육을 받았다. 남들이 '대학'을 공부할 때 제왕학 교과서라 일컬어지는 '대학연의'를 공부했다.

"그 뜻을 잊지 마시고 바른 사람을 얻어 성군이 되십시오."
"숙부가 도와주시오."

어린 임금의 눈동자에 간절함이 베어있었다.

"성심을 다 하겠습니다."

쌀쌀한 날씨 때문일까? 어좌에 앉아 있는 임금의 용안이 밝지 않다. 물러 나온 수양이 신숙주와 한명회를 불렀다.

"저런 모습은 처음이다. 그대들도 본 일이 있는가?"

조카의 모습을 10여년 이상 지켜봐왔지만 이렇게 쓸쓸한 모습은 처음이다. 외로움도 아니고 쓸쓸함도 아니었다. 뭔가 모를 적적함이 면복으로 감싼 임금의 내면에서 풍겼다.

"날씨가 차가워서 이겠지요."

신숙주가 한명회를 바라보았다.

"옆구리가 시려서입니다."

한명회가 째진 실눈으로 눈웃음 지었다. 그의 순발력은 가히 국보급이다.

"옆구리?"

수양이 되물었다. 목숨을 걸었던 혁명동지가 아니라면 입에 올릴 수 없는 불손한 언사다.

"어떻게 하면 좋겠는가?"

수양이 한명회를 바라보았다. 꽤 주머니를 풀어 놓으라는 것이다.

"답은 하나입니다."
"뭔가?"
"혼례를 올려드리면 됩니다."

한명회가 장난기 어린 미소를 흘렸다.

"가례?"
"네, 그렇습니다. 장가가 답입니다."
"그동안 몇 차례 청을 드렸는데도 꿈적을 안 하시네."
"왕도가 없습니다. 한 번 해서 안 되면 두 번, 두 번해서 안 되면 세 번. 될 때까지 하면 됩니다. 열 번 찍어 안 넘어가는 나무 없다지만 백번 찍어 안 넘어가는 사람 없습니다. 계속 찍으면 넘어가게 돼 있습니다. 그게 살아 있는 생물의 본질입니다."
"지금은 국상 중이지 않는가?"
"계집 구경 한 번 못해본 종놈에게 '이제 때가 되었으니 장가가라.'고 하면 '예, 감사합니다.' 넙죽 절하고 싶지만 '장가는 무슨 장가입니까?'라고 손사래를 치며 꽁무니를 빼는 게 염치입니다. 하물며 전하이겠습니까? 더구나 지금은 국상 중입니다. 면전 권유는 백번 퇴짜입니다."

"옛 부터 임금은 무치(無恥)라 하지 않았는가?"

"전하는 아직 그 경지엔 이르지 못하였습니다."

"그럼 어떻게 하면 윤허를 받을 수 있겠는가?"

수양이 마른침을 삼켰다.

"나리! 귀를 잠깐 빌려 주시겠습니까?"

한명회가 수양 곁으로 바짝 다가갔다.

궁중결혼식은 간택에서부터 납채(納采), 납징(納徵), 고기(告期),

책비(冊妃), 친영(親迎), 동뢰(同牢) 등 절차가 복잡하고 많습니다.

단종 결혼식은 위(位)에 있는 임금이 총각 신분으로 결혼하는

조선 개국 이래 최초의 궁중결혼식이었습니다.

다행스럽게 당시 기록이 남아 있어 기록을 보존하고자

원전을 인용하였습니다.

* 지루하시다고 생각하시는 분은 패스하여 chapter 3으로 가십시오 *

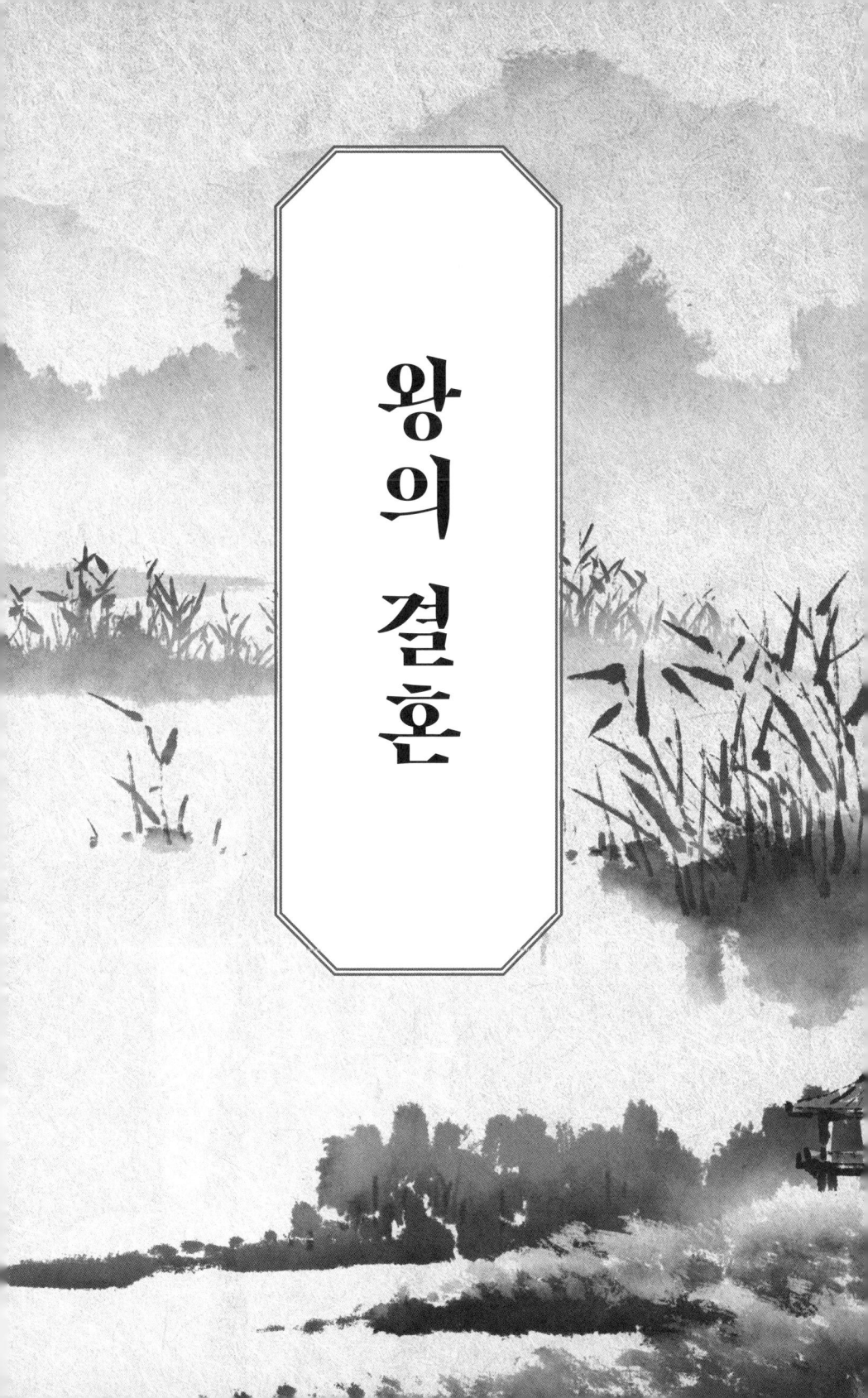

왕의 결혼

신부감을 찾습니다

조선 팔도에 금혼령이 내려졌다. 12세에서 16살까지의 처녀는 혼인을 금지한다는 영(令)이다. 더불어 봉단령(捧單令)이 떨어졌다. 혼기에 있는 처자가 있는 사대부는 자진 신고하라는 것이다. 왕자와 공주 혼례에는 당상관 이상에게만 적용되었지만 이번에는 당하관까지 내려졌다. 나라의 국모를 뽑는 혼례이니 범위를 넓힌 것이다. 이 엄중한 영(令)에서 자유로운 집안이 있다. 전주 이씨다.

금혼령은 팔도에 내려졌지만 주 목표 대상은 한성과 평양이다. 한성은 뽑아 들일 가문이 많았고 평양은 미인이 많았기 때문이다. 도성에 방(榜)이 나붙었다. 종루 네거리에도 붙었고 숭례문 밖에도 붙었다. 시절이 하수상하니 '또 누굴 죽이나?' 싶어 오가는 사람들이 구름처럼 모여들었다. 민심이 술렁거렸다. 경축의 눈빛이 아니라 경계의 눈빛이었다.

"누가 혼인한다는 거야?"
"누긴 누구야, 임금님이지."
"그럼 국혼이네."
"그야 국혼 중에서도 제일 으뜸가는 가례지."
"가례하고 길례는 뭐가 다르냐?"
"가례는 가례고 길례는 길례지."

벙거지를 쓴 사내가 누런 이를 드러내며 씩 웃었다.

"예끼, 이 사람아! 그 딴 대답이 어디 있어. 가례는 임금이나 왕세자가 장가가는 것이고 길례는 왕자나 공주가 혼례를 올리는 것이지."

초립을 쓴 사나이가 끼어들었다.

"급이 다르군?"

벙거지가 뒷덜미를 긁으며 눈을 크게 떴다.

"하지만 아직 국상 중인데?"
"숙부가 가라면 가야지 별 수 있나."
"복을 입은 상태에서 장가드는 것은 쌍것들이나 하는 짓이고 인륜에 반하잖아."
"멀쩡한 정승 판서도 목을 따는 시상에 무슨 인륜씩이나?"
"이 사람아 말조심하게, 기딴 소리 함부로 하다간 쥐도 새도 모르게 목이 딜아나네."

벙거지 목소리에 모두들 움츠러들었다.

"그나저나 먼저 보낸 사람들은 맘 편하겠다."
"뭘?"
"이런 날이 올까봐 서둘러서 먼저 보냈잖아."

"왕실에 딸을 넣으면 가문의 영광인데 왜 피해?"

"이 사람은 저잣거리에 흘러다니는 아이들 노래 소리도 못 들어봤나?"

"그래서 도성에 하루건너 잔치가 벌어졌군."

"연희패들 좋은 시절이었지…."

봉단령의 대상이 되는 정승 판서를 비롯한 조정 관료들은 전전긍긍했다. 왕실과 혼인의 연을 맺어 가문의 영광을 빛낼 좋은 기회이기도 하지만 선뜻 내키지 않았다. 이런 날이 올거라 예상은 했지만 이렇게 기습적으로 닥칠 것이라고는 생각하지 못했다. 서둘러 보낸 집안이 부러웠다. 무릎을 치며 후회했지만 때는 이미 늦었다. 거역하면 어떤 불똥이 떨어질지 모른다. 규수가 있는 집안은 단자를 작성하여 예조에 보냈다.

수양이 예조판서를 불렀다. 실무 담당 부서의 수장이다. 태종 11년, 예문관 검열로 출사한 김조는 조정에서 깐깐한 예통(禮通)으로 정평 있는 대신이었다. 일찍 아버지를 여의고 숙부 김작을 아버지처럼 모시는 것이 수양의 눈에 들어 예조판서에 발탁된 인물이다.

"나에게도 슬픔이 있는데 뭔지 궁금하지 않소?"

뒷짐을 지고 마루바닥을 거닐던 수양이 혼잣말처럼 중얼거렸다.

"전혀 감이 잡히지 않습니다."

뜻밖이었다. 부족할 것 없는 왕실에서 태어나 하고 싶은데로 하며 살아왔던 수양에게도 슬픔이 있었다는 게 의외였다.

"누구에게도 뻥긋하지 않았던 내 개인적인 얘기이지만 외조부의 얼굴을 모르는 것이 나의 슬픔이오."

그랬다. 수양의 외할아버지 심온은 명나라에 사신으로 다녀오던 길 의주에서 체포되어 수원으로 압송 사사(賜死)되었다. 수양 나이 한 살 때였다. 그러니 얼굴을 알 턱이 없다. 당시 조정에 있었기에 익히 알고 있는 사건이다. 허나 임금의 장인 심온과 그의 동생 심정이 역모사건에 엮여 있어 그 누구도 발설하지 못했던 내용을 제3의 당사자라 할 수 있는 수양으로부터 직접 듣게 되니 새삼스러웠다.

"참고하기 바라오."
"명심하겠습니다."

거한 집안은 배제하라는 암묵적인 지침이다. 외척 발호를 사전에 차단하겠다는 복심이었다. 할아버지에 의해 외갓집이 박살 나고 시아버지에 의해 친정아버지가 죽임을 당하는 모습을 지켜봐야 했던 어머니 소헌왕후의 쓰라린 심정이 수양의 가슴에 상처로 남아 있었던 것이다.

단자가 예조에 접수되기 시작했다. 사가에서는 혼인이 정해졌을 때 신랑집에서 신부집으로 사주단자를 보내는 것이 관례였으나 왕실에서는 후보자 집안에서 예조에 접수했다. 처자 본인의 생년월시는 물론 부모형제 삼촌과 사촌의 관직과 외조부의 과거까지 기록된 문서다. 일종의 서류심사를 위한 신상명세서다.

하나, 둘, 다섯을 넘어가던 후보자가 일곱에서 멈췄다. 예조는 난감했다. 30명은 넘어야 간택을 시행하는데 일곱 명 밖에 되지 않았으니 덜어내기는커녕 미달이었다. 보고를 받은 수양은 있는 그대로 진행하라 명했다.

금천교(창덕궁)

초간택이 창덕궁에서 거행되었다. 예조의 통지에 따라 처자들이 금호문밖에 도착했다. 궁 안은 임금과 왕비를 제외하고는 가마와 승마가 금지다. 여기까지는 가마를 타고 왔지만 이제부터는 걸어야 한다. 처녀들이 봉례랑의 안내에 따라 금천교를 건넜다. 태종이 청계천에 광통교를 짓고 그 다음 해에 지은 도성에서 몇 안 되는 돌다리다.

금천교는 북쪽에서 흐르는 물줄기를 인위적으로 끌어들여 만든 다리다. 궁궐을 드나드는 임금과 신하는 마음을 깨끗이 씻고(洗心) 백성에 봉사하라는 의미를 함축하고 있다. 반원형 구조물 2개에 돌을 얹어 만든 홍예가 아름다운 다리다. 남쪽에 해태상 북쪽에 거북상을 배치했다. 그 위에 조각한 나상은 잡귀는 범접하지 말라는 주술적인 의미를 내포하고 있다.

난생처음 대궐에 들어온 처자들은 긴장했다. 오금이 저리고 발걸음이 떼어지지 않았다. 우선 자신들이 살던 집보다도 훨씬 큰 전각들이 위압감으로 다가왔다. 오가는 궁녀들과 무수리들의 모습도 신기했다. 구중궁궐 대궐은 백성들이 부대끼며 사는 이 세상과 다르다는 이야기를 수없이 들어서 알고 있지만 직접 두 눈에 들어온 대궐은 별천지 같았다.

자신의 행동 하나하나에 문중의 명예가 달려있다는 중압감도 컸다. 발걸음마저도 심사의 대상이 된다는 사실을 알 길이 없는 처자들은 사뿐사뿐 조신하게 걷는 처녀가 있는가 하면 난생처음 보는 궁궐을 둘러보느라 여념이 없는 처자도 있었다.

진선문에 이르렀다. 봉례방이 문턱에 엎어놓은 솥뚜껑 위로 한 사람씩 통과 시켰다. 솥뚜껑 아래 엎어놓은 바가지가 깨지면 실격이다. 처자의 몸무게를 알아보기 위한 장치다. 낙오자는 한 사람도 없었다. 드디어 처자들이 희정당에 도착했다. 임금이 편전으로 사용하는 공간이다. 간택은 궁중의 축제다. 그 축제를 위하여 오늘만은 간택 장소로 변신했다.

상궁의 안내를 받으며 처자들이 자신들의 아버지 이름이 쓰여진 명패 앞에 앉았다. 왕실을 대표하여 효령대군 이보, 의정부에서 좌의정 정인지, 우의정 한확, 대전(大殿)에서 도승지 최항, 주무관서장 예조판서 김조가 처자들의 일거수일투족을 살펴봤다. 보통의 간택은 왕대비와 대왕대비가 참석해야 하는데 왕대비는 공석이고 대왕대비는 세상을 떠난 지 오래다.

심사관들이 제일 눈여겨보는 것은 규수의 피부다. 너무 하얘서도 안 되고 검어서도 안 된다. 귀밑머리에서 목덜미로 흐르는 피부가 적당히 뽀야면서 온화한 기풍을 풍겨야 고결한 순결미가 있다. 두 번째가 미간(眉間)이다. 일반 사가에서도 부녀자의 질투는 칠거지악 중의 하나이지만 궁중 여인에게 투기는 금기다. 눈썹과 눈썹 사이가 멀어야 마음이 넓고 이해심이 많은 것으로 여겨왔다.

상궁이 한 사람씩 일으켜 세워 절을 시켰다. 그동안 갈고 닦았던 예(禮)를 심사하는 과정이다. 성리학을 숭상하는 조선의 선비들은 예를 인간 본분 가치의 최상위에 두었다. 그 예의 총화를 절로 봤다. 절을 어떻게 하느냐에 따라서 그 사람의 됨됨이와 그 사람이 낳고 자란 가풍(家風)을 가늠해볼 수 있었던 것이다.

마지막으로 상궁의 호명에 따라 한 사람씩 퇴장했다. 걸음걸이를 보기 위한 수순이다. 더 진솔하게 말하면 뒤태를 보기 위한 장치다. 비록 옷 속에 감추어져 있지만 골반이 넉넉하게 발달해있어야 자손을 많이 낳을 체형으로 봤던 것이다. 다다익선이라 했던가, 많이 낳을수록 좋다는 왕실로서는 중요한 대목이다.

간택이 끝났다. 합격한 자는 없었다. 통상 초간택 이후 보름의 여유를 두고 재간택이 시행되는 것이 관례였으나 불과 7일 만에 재간택이 거행되었다. 재간택 역시 합격자는 없었다. 즉시 삼간택 날이 잡혔다. 소나기 같은 일정에 예조 관리들이 퇴청하지 못하고 밤샘하기 일쑤였다. 보통 때 같으면 삼간택에서 한 사람을 남겨두고 나머지는 집으로 돌려보내는 것이 관례였으나 대전을 대표해서 우승지 박팽년이 참석한 삼간택 역시 합격자가 없었다.

마음이 급한 수양이 예조판서를 불러들였다.

"왜 이렇게 지지부진하오?"
"마땅한 규수가 없어서 그렇습니다."
"조선말도에 처자가 이다지도 없단 말이오?"
"아무나 들여오려면 하고 많은 게 처자들입니다만 국모를 모셔 들여오는 데서야 아무를 모셔 올 수 없잖습니까?"
"그래도 그렇지. 금혼령까지 내려주었는데 규수감을 못 찾는다면 공의 능력에 문제가 있는 것 아니오?"

수양이 김조를 노려보았다. 뱀눈 같은 수양의 시선이 김조의 얼굴을 훑고 지나갔다. 김조의 등허리가 서늘했다. 관직이 '날아 갈 것이다.'는 위협보다도 '엮어서 날릴 수도 있다.'는 차가움을 느꼈다.

4간택 5간택이 실시되었으나 결과는 마찬가지였다. 초조한 수양에게 홍달손이 찾아왔다.

"저잣거리에 좋지 않은 소문이 퍼지고 있습니다."
"뭔데?"
"아이들이 부르는 동요인데 심상치가 않습니다."

> 오얏나무 찾아 들어간 나그네야
>
> 갓끈 고치지 않았다고 자만 마소
>
> 돌쇠도 녹이는 게 오얏 그늘이오

오얏나무는 전주 이씨의 상징이다. 즉, 조선 왕실을 칭한다. 누가 지었는지? 언제부터 불리었는지 모를 노래가 아이들 입과 입을 통하여 퍼져 나갔다. 전주 이씨는 돌(石)도 녹여 버리고 쇠(鐵)도 녹여 버리는 무서운 용광로라는 것이다. 왕실과 사돈 맺은 집안은 패가망조(敗家亡兆)가 든다는 동요였다.

개성의 권문세족 강윤성은 그의 딸을 이성계의 둘째 부인으로 밀어 넣었다. 무장 세력을 찾던 강윤성과 개경 세족이 필요했던 이성계의 정략결혼이었다. 이성계가 조선을 개국하고 강씨는 조선 최초의 왕비에 책봉되었다. 그가 낳은 방석이 세자가 되었다. 하지만 여기까지였다. 이성계의 아들에 의해 방석이 참살되고 강씨 문중은 산산이 부셔졌다.

　이방원이 주도한 '왕자의 난'을 성공시킨 태종의 처가 민씨 3형제는 승승장구했다. 차기 주자 양녕대군은 그들의 손안에 있었다. 돌처럼 단단한 권력의 반석을 마련했다. 하지만 민씨 집안도 여기까지였다. 민무질이 사사 당하고 뒤이어 민무휼, 민무회가 죽임을 당하면서 민씨 집안이 풍비박산이 났다.

심온 묘

　심온은 세종의 장인이다. 심온이 영의정으로 있을 때 중국으로 사신을 떠나게 되었다. 권력의 실세 심온이 떠나는 날. 육조가 텅 비고 반송정이 환송객으로 인산인해를 이루었다. 차기의 국구이니 당상관 당하관 문무백관 가릴 것 없이 환송에 나선 것이다. 보고를 받은 태종은 격노했다. 심온이 돌아오는 날. 의주에서 체포되어 수원으로 압송 사사되었다. 왕실과 연을 맺은 집안은 모두가 하나같이 망했다.

단종이 대전 상궁을 불렀다.

"동궐에서 간택이 이루어지고 있다는데 누구 혼례인가?"

천리를 간다는 발 없는 말이 창덕궁에서 경복궁으로 넘어왔다. 궁녀들의 입이서 입을 타고 구중궁궐 담을 넘은 것이다.

"그것이 사실은….."

상궁이 말을 더듬거렸다.

"왜 이리 우물쭈물하는가?"
"예, 예, 그것이….."
"사실대로 고하지 못할까?"

노기 띤 목소리가 빈청을 울렸다.

"예, 사실은 상감마마의….."
"뭣이라고? 과인의 배필 때문이라고?"
"네 그렇습니다. 국모를 모셔 오는 일로….."

"누가 주동이 되서 일을 꾸미느냐?"

"영의정 대감께서…."

"수양 숙부란 말인가?"

"네, 그렇습니다."

"때가 아니라고 그렇게도 일렀거늘 이런 고얀 일이 있나?"

이 때였다. 좌승지 신숙주가 고했다. 수양대군이 알현을 기다리고 있다는 것이다.

창과 방패의 대결, 누가 이길까?

"삼정승과 좌찬성이 입궐하였습니다."

"들라 이르라."

영의정 수양대군, 좌의정 정인지, 우의정 한확, 좌찬성 이사철, 좌참찬 이계린이 입시 했다.

"전하께서 외롭고 적적하시므로 모두 왕비 맞아들이기를 원하오니 맞아들이소서."

"맞아들이소서!"

"맞아들이소서!!"

다 함께 머리를 조아렸다.

"불가하다."

"태종께서 '국상 3년 내에는 장가를 들지 못한다.'는 법을 세우셨으나 이것은 평상시에 한 한 것입니다."

"지키라고 만들어 놓은 법을 지키지 않으면 무슨 법이라 하겠습니까? 과인은 법을 지킬 것입니다."

"지금 전하께서 처한 입장은 항상 있을 수 있는 상례(常例)가 아니오니 사사로운 법에 얽매여서는 아니 됩니다."

"사사로운 법이라 하셨습니까?"

"그렇습니다. 전하께서는 평화롭고 한가한 시대에 지키라고 만들어 놓은 법은 좇지 않으셔도 됩니다. 지금은 역도가 날뛰는 국난의 와중입니다."

"태종의 말씀을 따르는 것은 법 이전에 부왕에 대한 최소한의 예의입니다. 인간이 예를 벗어나면 축생과 다를 바 뭐가 있겠습니까? 과인은 법도 지키고 예도 따를 것입니다."

"옛사람이 말하기를 '형수가 물에 빠지면 손으로 잡아 건진다.'고 하였습니다. 형수의 손을 잡는 것은 예법에 어긋나나 물에 빠지면 손을 잡아 끌어내야 하니 이는 부득이하여 권도(權道)에 따른 것입니다."

"과인은 권도보다 정도(正道)를 따를 것입니다."

단종의 심중은 단호했다.

"청컨대 경중과 대소를 깊이 생각하셔서 옳은 길로 결단하소서."
"돌아들 가시오."

단종의 결심은 완강했다. 수양과 신료들이 물러 나왔다. 오진에 물러 나온 수양이 오후에 다시 찾아 왔다. 이번에는 정인지와 한확 등 조정 대신 외에 양녕대군 이제, 효령대군 이보, 경녕군 이비, 부마 정종과 함께 입궐했다.

"오늘 아침에는 정부에서만 청하여 윤허를 얻지 못하였습니다만 이번에는 육조의 재상과 종친 부마와 일등공신들이 모두 다 함께 청합니다. 윤허하소서."

　머리가 하얀 종친들이 고개를 숙였다.

　"불가하다."

　임금에게 가장 무서운 종친은 수양대군이고 가장 어려운 종친은 양녕대군이다. 왕위를 버린 그 위대함도 존경스러웠지만 나이 상으로도 참 어려운 존재였다. 임금 나이 12살. 양녕대군 59세. 직계 할아버지 세종의 형님이니 그럴 수밖에 없었다.

　"신들의 청은 전하 일신을 위한 것이 아니오라 국가의 대사입니다. 왕비를 맞아들이는 일은 종사(宗社) 만세의 계책에 관계되는 것이오니 청컨대 경중을 생각하소서."
　"불가하다 하지 않았습니까."
　"윤허하지 않으시면 신 등은 물러갈 수 없사옵니다. 윤허를 얻은 뒤에야 물러가겠습니다."
　"윤허는 없습니다."
　"오늘의 청은 하루의 의논이 아니고 심사숙고한 뒤에 말씀드리는 것이오니 어찌 옳지 않은 것을 말씀드리겠습니까? 모름지기 신 등의 청을 따르소서."
　"윤허는 없다 하지 않았습니까."

　단종의 단호함은 꺾을 수 없었다.

대군청에 돌아온 수양이 한명회를 불렀다.

"자네의 의견이 묘안인 줄 알았는데 졸책이었나 보네."
"몇 번이나 했다고 그러십니까?"
"다섯 번 간택 후에 양녕대군을 모시고 들어갔는데도 어림없네."
"거목도 마지막 한 방에 쓰러집니다. 아직 마지막 한 방이 주효하지 않았기 때문입니다."
"그 마지막 한 방이 언제 터지겠나?"
"찍다 보면 터지게 돼 있습니다."

근정문(경복궁)

섣달 스무아흐레. 올해도 하루 남았다. 계유년을 넘기지 않고 임금의 혼례를 성사시키려던 수양의 계획은 빗나갔다. 마음이 급해진 수양이 좌의정 정인지, 우의정 한확과 여러 종친 부마 문무백관들과 더불어 근정문에 섰다. 백악에서 내려온 칼바람이 옷깃을 파고든다. 대전에서 나온 환관에게 봉장(封狀)을 전했다.

"종친·정부·육조·공신·부마가 왕비를 맞아들이시라고 여러 번 청을 드렸으나 윤허를 얻지 못하여 이렇게 봉장을 올립니다. 예로부터 제왕들이 국가를 다스림에 있어 그 예법에 네 가지가 있으니 이른바 관혼상제입니다. 그 중 상례는 사람으로 태어나서 자식 노릇하는 마지막 일로서 성심을 다해야 할 것이나 자신이 처한 형편을 간과해서 행하는 것은 오히려 불효가 됩니다.

상(喪)을 치르는 예에 있어 거친 음식과 맹물을 마시고 술과 고기를 먹지 아니함은 애통의 심정을 표하기 위함입니다. 그러나 어른이 권하면 먹고 질병이 있으면 먹는 것은 조상이 물려주신 신체를 손상시키지 않고 가업을 이어 효도를 다하기 위함입니다. 지금 선왕의 아들은 오직 전하 몸 하나뿐이시니 그 소중함이 상례로써 논할 것이 아니온데 전하께서 어찌 그 몸을 사사로이 할 수 있겠습니까?

혼례는 종묘 제사의 소중함을 받들고 자손만대를 이어가는 것이기 때문에 효 중의 으뜸입니다. 전하께서 열성(列聖)의 업(業)을 이어받아 종묘사직을 지키시니 백성이 의지하고 우러러 보나 아직 원자가 없습니다. 이는 선왕을 계승하는 소이가 아닙니다. 오늘날 종묘사직을 위한 대계는 오직 왕비를 택하여 후사를 이으시는 데 있습니다.

순 임금은 존경받는 임금으로 후세 사람들이 대효(大孝)라고 칭송하는데 그가 부모에게 고하지 않고 아내를 맞이하였습니다. 순 임금이 어찌 부모에게 고하는 것이 효도가 되고 예도가 되는 것을 몰랐겠습니까? 이것이 이른바 권도(權道)입니다. 지금 온 나라 백성이 복이 없어 세종과 문종께서 모두 승하하시고 전하께서 어리신 몸으로 즉위하시어 위로는 모후의 보살핌이 없고 아래로는 어진 왕비의 도움이 없으시니 어찌 국사의 큰 변례가 아니겠습니까? 하루 빨리 왕비를 맞아들이소서."

간곡한 주청에 아무런 답이 없자 도승지 최항, 좌승지 신숙주, 우승지 박팽년, 우부승지 권자신이 아뢰었다.

"종친과 백관들이 청하는데 어찌 옳지 않은 것을 청하겠습니까? 여러 고전을 상고하여 보았는데 이런 일이 왕왕 있었습니다. 오늘날 종사의 대계로 보아 그렇게 아니 할 수 없습니다. 백관의 청을 따르는 것이 옳은 줄로 아뢰옵니다."
"따를 수 없다."

이번에는 시긴원이 니섰다.

"대상(大祥)이 겨우 수개월 남아 있사오니 혼처를 정해놓고 대상이 지난 뒤에 가례를 올리는 것도 또한 방법일 줄로 아뢰옵니다."
"상중에 혼담을 나누는 것 자체가 예의가 아니다."

갑술년 새해가 밝았다. 정월 초하루에는 신년하례가 있는 날이다.

그러나 수양은 하례를 간소하게 처리한 후 좌의정 정인지, 우의정 한확과 양녕대군 이제, 효령대군 이보와 여러 종친·부마와 문무백관과 더불어 아뢰었다.

"비(妃)를 맞아들이도록 재삼 청하였으나 윤허를 받지 못하였습니다. 물러나서 생각하여 보니 신하 된 본분으로 중지할 수 없습니다. 금일 백관들이 종사의 대계를 위하여 다시 아뢰니 모름지기 따르소서."

"할 수 없다."

"옛날에는 상(喪) 중에 술을 마시지 아니하고 고기를 먹지 않았으나 지금은 그렇지 않습니다. 옛날에는 임금이 상중 3년 동안 말을 하지 않았으나 지금은 3년 안에 온갖 사무를 봅니다. 이것은 모두 때에 따라 권도(權道)에 따른 것입니다."

"아뢰는 뜻은 알겠으나 따를 수는 없다."

공방이 계속되었다. 임금의 혼담이 현안으로 떠오른 지 딱 두 달 되는 정월 초여드레. 여덟 번째 간택이 창덕궁에서 거행되었다. 아직 새해 덕담을 나누는 정초지만 수양은 간택을 강행했다.

효령대군 이보, 임영대군 이구, 영응대군 이염, 화의군 이영, 계양군 이증, 한남군 이어, 영의정 수양대군, 좌의정 정인지, 우의정 한확, 이조판서 정창손, 병조판서 이계전, 예조판서 김조, 좌승지 신숙주, 우승지 박팽년, 좌부승지 박원형, 우부승지 권자신, 동부승지 권남이 참석했다. 세종의 후궁 혜빈과 문종의 후궁 숙빈도 참석했다.

드디어 풍저창부사 송현수의 딸을 비(妃)로 간택했다. 조선 최초의 왕비가 간택되는 순간이다. 이전의 왕비는 군인의 아내로 결혼했거나 왕자의 부인으로 혼인하여 지아비의 신분 변동과 함께 왕비에 올랐다. 세자빈으로 간택되어 승격된 왕비마저 없었다. 비로소 명실공히 왕비로 간택 된 것이다. 더불어 예원군사 김사우와 전 사정 권완의 딸을 잉(媵)으로 결정했다. 후궁도 함께 뽑은 것이다.

왕비를 낳으려거든 백악으로 발을 뻗어라

여산 송씨 집안에 경사 났다. 송현수의 가슴이 뛴다. 이제 머지않아 국구가 된다. 임금의 장인이 되는 것이다. 믿어지지 않았다. 하지만 현실이다. 내 딸이 아들을 낳으면 그 아이가 임금이 된다. 꿈같은 일이지만 현실로 다가오고 있다. 뉘라서 가슴이 뛰지 않을 것인가. 누이는 실패 했지만 이번만은 성공할 것 같았다. 조선 최초 왕비에 간택되었으니 어깨에 힘이 들어갈만 하다.

태조 이성계의 첫 부인 한씨. 한낱 군인에게 시집갔다. 2대 정종의 정비 정안왕후 김씨. 방과가 군인의 아들이었을 때 평범하게 혼인했고, 3대 태종의 정비 원경왕후 민씨. 그 역시 방원이 장군의 아들이었을 때 평이한 혼례를 올렸다. 4대 세종의 정비 소헌왕후 심씨도 그렇다. 세종 이도가 충녕대군으로 있을 때 혼인했다. 혼례 당시 세자는 양녕대군이었다.

5대 문종의 현덕빈. 문종이 세자로 있을 때 세자 후궁으로 간택되어 궁에 들어가 세자빈으로 승격되어 오늘의 임금을 낳았으나 문종이 등극하기 전 세상을 떠났다. 때문에 현재 빈이라는 꼬리표가 붙어있고 현덕왕후는 훗날 추존이다. 구중궁궐 깊은 곳에서 명멸했던 이전의 왕비들. 그들과는 격이 달랐다. 조선 개국 이래 최초의 왕비 간택에 자부심을 가질만하다.

지금으로부터 10년 전. 세종 27년, 임금 세종이 백신(白身) 송현수에게 전구부승(典廐副丞)이라는 관직을 내려주었다. 일종의 능지기다. 조정에서 반발했다. 음직으로 예우해야 할 선조도 없는 송현수에게 관직을 주는 것은 특혜이니 용인할 수 없다는 것이다. 사간원에서 탄핵 직전까지 갔지만 승정원에서 옹호하여 덮고 넘어갔다.

 세종은 6명의 부인에게서 18남 4녀를 두었다. 그 중에서 가장 아끼고 사랑하는 아들이 영응대군이다. 정실 소헌왕후 심씨 소생 막내아들이다. 세상을 떠날 때도 궁궐이 아닌 영응대군 사저에서 숨을 거두었다.

 영응대군 열 살 되던 해 경복궁 사정전에서 처녀를 간선했다. 송현수의 누이다. 마음이 비단결 같고 착했던 송씨는 세자빈 봉씨의 '동성애사건'으로 마음고생이 심했던 세종의 마음을 사로잡았다. 며느리로서 끔찍이 귀여워했다. 허나, 송씨는 몸이 약했다. 결국 폐질(廢疾)로 소박맞아 친정으로 돌아갔고 영응대군은 정충경의 딸을 두 번째 부인으로 맞이했다. 따라서 영응대군은 왕비의 고모부였으나 현재는 아니다.

 조선시대 잡직이 아닌 관직에서 관료들이 달갑지 않게 생각하는 곳이 능지기, 궁지기, 창고지기다. 그래도 능과 궁지기는 생기는 것 없이 썰렁했지만 창고지기는 곡식을 다루니만큼 싸레기라도 떨어졌다.

 나라의 대표적인 창고는 광흥창과 풍저창이다. 광흥창은 관료들의 녹봉을 관리했고 풍저창은 궁에서 쓰는 쌀과 잡곡, 그리고 종이를 관리했다. 송현수는 풍저창 부사다. 가난한 송현수를 세종이 배려한 것이다.

궁중결혼식

임금이 청혼하는 의식이 경복궁에서 열렸다. 이른바 납채의(納采儀) 다. 조선 개국 이래 처음 있는 보기 드문 광경이다. 태조 이성계로부터 문종까지 다섯 번째 임금이 바뀌었지만 총각 임금이 처녀 왕비를 맞이하는 일은 처음 있는 일이다. 한 나라의 군주는 만백성의 어버이다. 백성의 생사여탈권을 쥐고 있고 산천초목도 다 그의 손안에 있다. 그렇게 전지전능하신 임금님이 사갓집에 딸을 달라고 부탁하는 일이다.

조복을 갖춰 입은 종친과 문무백관이 근정문 앞에 도열했다. 뒤이어 면복을 갖춰 입은 임금이 환관의 안내를 받으며 어좌에 앉았다. 봉례랑이 사자(使者)로 임명된 효령대군과 호조판서를 안내하여 임금 앞에 나아갔다. 통례가 목소리를 높였다.

"국궁(鞠躬) 사배(四拜) 흥(興) 평신(平身)이오."

효령대군 이보와 호조판서 조혜가 네 번 절하고 자리에 앉았다. 전교관이 어좌 앞으로 나아갔다.

"전교를 내려 주옵소서."

전교관으로 임명된 승지가 부복하고 꿇어앉았다. 별감이 용무늬가 장식된 받침대에 모셔진 교서를 받들고 내려왔다. 자리에서 일어난 전교관과 별감이 교서를 받들고 사자 앞으로 나아갔다.

"교명을 받으시오."

효령대군과 호조판시가 무릎을 꿇고 엎드렸다.

"풍저창 부사 송현수의 딸을 왕비로 삼고저 하니 경들은 납채를 행하라."

납채 선포다. 임금이 송현수의 딸을 부인으로 맞아들이고 싶다는 공개 선언이다. 임금의 말은 곧 법이다. 법은 구속력을 갖는다. 만약

임금이 납채 선포를 취소한다 해도 해당 처녀는 다른 곳으로 혼인할
수 없다.

"황공하옵니다."

효령대군 이보와 호조판서 조혜가 머리를 조아리고 네 번 절했다.
도열한 백관들도 합창하며 4배를 올렸다. 봉례랑이 교서를 받든 전
교관을 앞세우고 사자를 인도하여 동문을 빠져 나갔다.

조선 왕조의 법궁 경복궁에는 광화문을 비롯한 여러 문이 있지만
새끼 문을 가지고 있는 곳은 근정문이 유일하다. 광화문에도 중앙에
큰 홍예를 중심으로 양쪽에 작은 문이 있지만 별도의 이름은 없다.
하지만 근정문에는 왼쪽에 일화문(日華門) 오른쪽에 월화문(月華門)을
거느리고 있다. 물론 여기에서 좌우는 근정전 어좌에서 남향한 임금
이 바라보는 위치를 말한다.

근정문은 평소에 닫혀있다. 오늘처럼 임금이 참석하는 국가적인
행사가 있거나 외국 사신이 임금을 알현할 때 연다. 근정문은 임금
을 위한 문이라 해도 과언이 아니다. 때문에 문무백관들은 작은 문
을 통하여 드나들어야 한다. 동문격인 일화문은 문반, 반대편 서문
격인 월화문은 무반이 출입했다.

문밖에는 교서여(敎書輿)가 대기하고 있었다. 교명을 모시고 갈 가
마다. 교서여 앞에 대기하고 있던 효령대군이 교서를 받아 교서함(敎
書函)에 넣어 가마에 실었다. 고적대(鼓吹)가 앞장서고 교꾼의 발걸음

이 움직이기 시작했다. 그 뒤를 정사와 부사가 따랐다.

　왕비로 간택된 송현수의 집에 비상이 걸렸다. 충호위(忠扈衛)에서 사람을 파견하여 대문 앞에 막차를 설치했다. 대궐에서 면포 6백 필, 쌀 3백석, 황두(黃豆) 1백 석이 내려왔다. 곳간도 별로 크지 않는 데 쌀이 3백석이라니 쌓아둘 곳이 마땅치 않다. 마당 한쪽에 야적할 수밖에 없다. 마당에 쌀을 쌓아놓다니 꿈인지 생시인지 모르겠다. 관직도 별로 내세울 거 없는 미천한 집에 재물이 쏟아져 들어오니 얼떨떨하다. 가문의 영광인지 문중의 영예인지 아직 모르겠다.

건춘문(경복궁)

건춘문을 빠져나온 사자 일행이 다리를 건넜다. 백악 동쪽에서 발원하여 삼청동을 흐르는 중학천에 걸친 돌다리다. 장생전을 끼고 돌아 종부시를 지나니 약간 오르막이다. 백악산 줄기가 맹현 고개를 지나고 송현(松峴)을 지나 청계천을 찾아가는 등성이다. 한 호흡 다리쉼을 한 일행이 내리막길을 내려가 개울을 건너 안국방으로 접어들었다.

고적대 소리가 골목길에 울려 퍼졌다. 어린아이, 노인, 할 것 없이 쏟아져 나왔다. 난생 처음 보는 구경거리에 눈이 휘둥그레졌다. 나오지 못한 아낙들은 담장에 목을 빼고 구경하기에 여념이 없다.

"경사 났네, 경사 났어, 우리 동네 경사 났어."
"동네가 아니라 우리 골목이지."
"골목에 비석이라도 세워야겠어."

왁자지껄한 목소리가 골목을 메웠다.

"어떻게 허믄 왕비를 난디야?"
"집터가 좋아서겠지."
"터가 좋긴? 밭이 좋아서겠지."
"크, 크, 크."

담장 넘어 아낙들의 수다가 이어졌다.

"나도 왕비 한 번 낳아봤으면 좋겠다."

“왕비는 아무나 낳나?”

“그러니까 소원이지.”

“삼청단에 가서 빌면 낳을 수 있을까?”

당시 아이를 낳지 못하는 부인들은 부암동 부침바위를 찾아가 동전을 부치거나 삼청단 천지신명께 기도를 올렸다.

“우리 골목에 물이 좋아 아들 낳으면 정승 판서가 되고 딸을 낳으면 왕비가 된다며?”

“그렇다면 모두 왕비 낳겠다.”

“아냐, 발을 백악으로 하고 하면 왕비를 낳을 수 있대.”

무심코 말을 뱉은 아낙의 얼굴이 홍당무처럼 빨개졌다. 보통 잠자리에서는 머리를 북쪽으로 향하거나 동쪽에 두고 잠을 잔다. 안국방에서 백악으로 발을 뻗으라면 북쪽으로 하체를 향하라는 얘기다.

“부사님 댁 마님이 그랬다는 말이 있긴 있어.”

“한지기 댁도 그랬데.”

“기기서도 왕비 니오겠네.”

“그야 알 수 없지.”

“하하하.”

“호호호.”

아낙들의 웃음소리가 담장을 넘어왔다. 한지기라 하면 한명회를 말한다. 한명회의 부인은 민대생의 딸이고 송현수 부인은 민소생의 딸이다. 여흥 민씨 사촌 자매다. 물이 좋아서 일까? 발을 그쪽으로 뻗어서 일까? 훗날 한명회의 두 딸이 왕비가 되었고 이 골목에서 왕비가 또 나왔다. 인현왕후다.

일사천리로 진행되는 혼사

교서가 송현수의 집에 도착했다. 궁에서 파견된 별감이 정사 효령대군을 인도하여 대문 밖 동쪽에 서고 부사는 조금 뒤에 섰다. 왼쪽 머리를 생색 명주실로 묶은 산 기러기를 가슴에 안은 상림원(上林園) 관원이 그 뒤에 섰다. 송씨 족친의 안내에 따라 교서가 막차 안에 모셔졌다.

"풍저창 부사 송현수는 교명을 받으시오."

교서관이 고했다.

"성은이 망극하옵니다."

송현수가 몸을 굽혀 예를 갖췄다. 별감이 나아가 사자는 들어오도록 고히고 송씨 족친은 송현수를 인도하여 효령대군을 대문 밖에서 맞이했다.

"신 송현수의 딸은 아직 나이가 어리나 교서로 전하의 찾음을 받았으니 명을 따르겠습니다."

정사 효령대군과 부사가 안내자의 인도에 따라 대문을 통과했다.

뒤이어 교서를 받든 사람과 기러기를 안은 사람이 따라 들어갔다. 임금의 청혼 의사가 처자 집 문턱을 넘어선 것이다.

송씨 족친의 안내에 따라 사자가 동쪽 계단으로 올라가 사당 한가운데에 이르렀다. 정사 효령대군이 남향하여 서고 부사는 정사의 동남쪽에 섰다. 교서를 받든 사람과 기러기를 안은 사람은 부사의 동남쪽에 서향했다.

송현수가 뜰 가운데로 나아가 북향하여 네 번 절했다. 교서를 받든 사람이 교서를 가지고 부사의 앞에 나아갔다. 부사가 교서를 받아 몇 걸음 나아가 정사에게 주고 제자리로 돌아갔다.

"교서를 받으시오."

효령대군의 목소리가 사당을 울렸다. 조상들도 들어라는 큰 소리다. 꿇어앉아 있던 송현수가 두 손을 내밀어 교서를 받았다.

"풍저창부사 송현수에게 하교한다. 왕은 말하노니, 하늘과 땅이 이루어져 인륜을 세우고 부부를 만들어 사직과 종묘를 받들게 하였다. 대소신료들에게 청혼 문제를 의논하니 모두 송현수의 딸이 적당하다 하므로 옛 전장(典章)에 따라 정사 효령대군 이보와 부사 호조판서 조혜로 하여금 예를 갖추어 납채(納采)하게 한다. 이에 교시하노라."

교서를 받아 든 송현수가 물러가서 좌우 사람에게 건네주고 북향하여 다시 꿇어 앉았다. 기러기를 안은 사람이 부사 앞으로 나아갔다. 부사가 기러기를 받아 정사에게 주고 자기 자리로 돌아갔다. 정사가 기러기를 송현수에게 주었다. 기러기를 받은 송현수가 물러가서 좌우 사람에게 넘겨주고 북향하여 섰다.

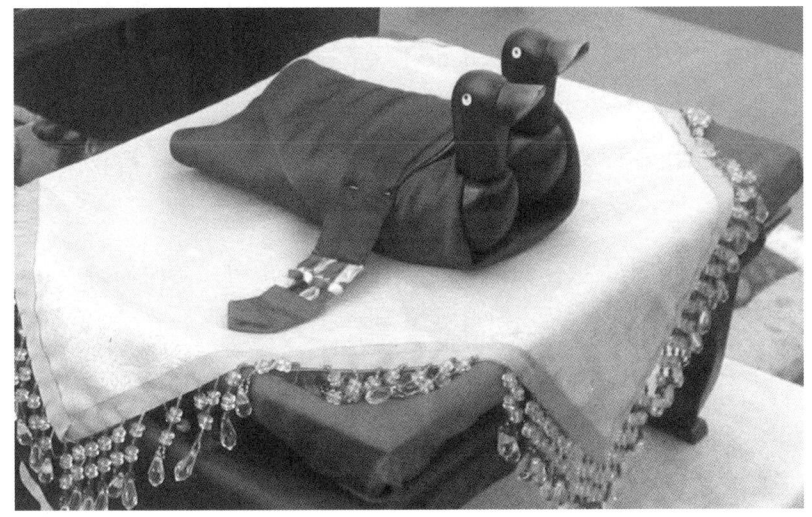

기러기

기러기는 일생 동안 하나의 짝을 사랑한다. 신(信)이다. 한 마리가 죽어도 다른 한 마리는 평생 혼자 산다. 질(節)이다. 하늘을 날 때는 비행 경험 많은 기러기가 맨 앞에 서고 공기 저항을 최소화 한다. 지(智)다. 무리는 선두를 따르고 힘들어 하면 교대한다. 예(禮)다. 어디를 가나 흔적을 남긴다. 덕(德)이다. 성리학의 이념과 맞아 떨어진다.

궁중 혼례에서는 산 기러기를 이용했다. 매 사냥을 할 수 있는 부류만의 특권이다. 그것을 이용할 수 없는 사가에서는 정교하게 조각한 나무 기러기를 사용했다. 그것마저도 구할 수 없는 일반 서민들은 산 닭을 사용했다. 기러기는 하늘과 땅을 왕래하는 신(神)의 사자로 여겼다. 하늘과 인간을 연결하는 영물로 본 것이다.

송씨 족친이 전함(箋函)을 챙겨 송현수에게 주었다. 장식이 아름다운 함이었다. 사가에서는 볼 수 없는 진귀한 함이다. 궁에 들어가는 물건이니 아무렇게나 만들 수 없다. 장인의 손끝에서 만들어진 함을 보내주어 다시 궁으로 올린 것이다. 송현수가 함을 받아 나아가서 꿇어앉은 자세로 효령대군에게 올렸다. 청혼을 수락하는 징표다.

"주상 전하께서 보잘것없는 저의 가문에서 배필을 찾으시니 몸 둘 바를 모르겠습니다. 예의범절이 부족한 신의 딸이 채택되어 자리를 채웠으나 삼가 옛날 전범을 받들어 엄숙히 전교를 받들 것입니다."

효령대군이 전함을 받아 부사에게 건넸다. 부사가 나아가서 받아 교서를 받들고 왔던 사람에게 주었다. 안내자가 사자를 인도하여 나갔다. 뒤이어 전함을 받은 사람이 뒤따라 나갔다. 그 사이 송현수는 뜰 서쪽에 몸을 굽히고 서 있다가 전함이 지나간 후 허리를 바로 폈다. 효령대군이 중문 동쪽에 서향하여 섰다.

"송현수는 이미 예를 행하였으니 이제는 사양할 수 없다."

정사 효령대군이 임금을 대신하여 명령했다.

"명 받들어 모시겠습니다."

송현수가 읍하고 네 번 절했다. 의식을 마친 효령대군이 일행을 이끌고 경복궁으로 향했다.

사자를 배웅한 송현수는 집안으로 돌아와 납채의(納采儀)가 무사히 끝났음을 사당에 고하고 교서를 바쳤다.

"조상님이시여! 소자의 여식이 왕비가 되었습니다. 이 나라의 국모입니다. 이 모든 영광은 하늘에 계신 조상님께서 도와주신 덕분이라 생각합니다. 이 가문의 영광! 소자 혼자 기뻐하기에는 너무나 벅찹니다. 하늘에 계신 조상님들도 기뻐해 주소서."

감개무량했다.

"조상님이시여! 비록 연은 끊어졌으나 옛정을 잊지 않고 이번 혼례를 후원하신 영응대군께 결초보은 할 수 있도록 힘을 내려주소서."

너무 고맙다. 비록 조강지처를 내치고 새장가를 들었지만 고마운 사람이다.

"내 일처럼 적극적으로 도와준 동서 또한, 잊을 수 없는 은인입니다. 생각지도 않았던 이번 혼사. 소자 혼자로는 어림없는 일입니다. 두 분 아니면 결코 성사될 수 없는 남의 집안 이야기입니다. 그 남의 집안 이야기가 우리 가문 이야기가 되었습니다. 기뻐해 주소서."

감격에 겨워 눈물이 났다. 평소 팔삭둥이 라고 업신여겨보던 한 명회로터 이렇게 큰 도움을 받으리라고는 생각지도 못했다. '어느 구름에서 비가 내릴지 모른다.'는 옛 사람들의 말이 맞은 것 만 같았다.

'총각 임금님의 청혼을 받은 집안이 있으면 나와 봐 라고 해!'

소리라도 지르고 싶었다. 허나, 사대부가 그렇게 경망스럽게 할 수도 없다. 얼마 후면 임금의 국구가 될 사람이지 않은가. 가볍게 처신할 수도 없다. 슬픔을 참는 것도 고통이지만 기쁨을 절제하는 것도 어려운 일이다.

후속 조치가 신속히 이루어졌다. 송현수의 관직이 승차 되고 혼인이 이루어진 징표로 예물을 보내는 납징(納徵)이 거행되었다.

"경의 딸이 효우(孝友)하고 공검(恭儉)하여 마땅히 종묘를 받들고 국조(國祚)를 길이 계승하리라 믿어 검은색 폐백 6개와 분홍색 폐백 4개 그리고 승마로써 전례(典禮)를 빛나게 하도다."

납채의와 똑같은 의식으로 송현수 집에 전달되었다.

"주상 전하께서 아름다운 명령으로 미천한 집에 혼인을 내려주시고 소신의 관직을 높이어 두터운 예로 총애하시니 삼가 옛날 전장(典章)을 받들어 엄숙히 전교를 받들겠나이다."

동지돈녕부사로 제수된 송현수가 답했다. 뒤이어 길일을 택하여 처자의 집에 알려주는 고기(告期)가 일사천리로 진행되었다. 이제 남은 것은 송현수의 딸을 왕비로 책봉하는 책비(冊妃)와 사자를 보내 왕비를 맞아들이는 봉영(奉迎). 잔치를 베푸는 동뢰(同牢). 그리고 합방이 남았다.

돌발 상황이 발생했다 "나 장가 안 갈래"

백악에서 내려오는 찬바람이 매섭다. 칼바람 마다하지 않고 효령 대군 이보가 호조판서 조혜와 6상궁을 이끌고 송현수의 집을 찾았다. 책비의(冊妃儀)를 거행하기 위해서다. 열네 살 어린 소녀. 지금까지는 송현수의 딸이었지만 이제 책비를 받으면 만인이 우러러 보는 국모가 된다.

구중궁궐 깊은 곳. 중궁의 모든 일을 맡아 보던 궁관 6인이 떴다. 중전 인도를 담당한 상궁(尚宮), 예의범절을 맡은 상의(尚儀), 의복과 채장 담당 상복(尚服), 음식을 총괄하는 상식(尚食), 먹고 자고 휴식하는 시간을 관리하는 상침(尚寢), 여공 담당 상공(尚功)이 총 출동하였으니 중궁전이 옮겨온 것이나 다름없었다. 이들은 한낱 여인이 아니다. 종5품과 정6품의 어엿한 관직에 있는 여관(女官)들이다.

골목 어귀에는 사복시 윤이 수하를 거느리고 연(輦)을 대기하고 있었다. 왕비가 타는 화려한 가마다. 또한 경창부에서는 산(繖)과 선(扇)으로 시위를 준비하고 있었다. 왕비는 탄생하는 것이 아니라 만들어진다. 평범한 여자를 왕비로 만들어서 궁으로 모셔가기 위한 수순이다.

대문 앞 막차에는 후궁 두 사람이 먼저와 대기하고 있었다. 최종

간택에서 잉(媵)으로 선발된 예원군사 김사우의 딸과 전 사정 권완의 딸이다. 똑같은 현장에서 어떤 여자는 왕비로 간택되어 모셔 감을 받는 여자가 되었고, 또 어떤 두 여자는 왕비를 모셔가는 여자로 신분이 바뀌었다. 하지만 이 시간 이후의 운명은 아무도 모른다.

봉례의 인도에 따라 효령대군이 중문밖에 섰다. 교명(敎命)과 책보(冊寶)을 든 사람이 그 바로 뒤에 섰다. 잠시 후, 송현수의 딸이 모습을 드러냈다. 적의(翟衣)를 갖춰 입은 모습이 완전 왕비다.

붉은 바탕에 청색으로 132쌍의 꿩을 수놓은 적의는 화려했다. 깃고대 둘레에 붉은 선을 두르고 용이 그려진 적의는 눈부셨다. 도련과 소매부리의 봉황무늬가 기품을 더해주고 양쪽 어깨에 네 개의 발톱을 가진 용 문양을 수놓은 장식품(四爪龍補)는 권위를 상징했다.

상궁이 송씨를 인도하여 책명(冊命)을 받는 자리에 나아갔다. 송씨는 서고 상궁이 꿇어앉았다. 효령대군이 교명함과 옥책함을 내려 주었다. 함을 받은 상궁이 책함을 여관에게 건네주고 일어섰다. 상복은 꿇어앉아 보수(寶綬)를 취했고 상침은 소속 여관을 거느리고 의장을 받들었다.

"4배요."

상의(尙儀)가 나직이 주문했다. 송현수의 딸이 북향하여 네 번 절했다.

"부복하여 꿇어앉으시오."

상의가 송씨에게 청했다. 상궁이 함을 열고 옥책을 꺼냈다.

"하늘과 땅이 덕을 합하여 만물을 생성하니 왕이 하늘을 본받아 원비(元妃)를 세우는 것은 종통(宗統)을 받들어 나라를 굳건히 하려는 까닭이다. 내가 어린 몸으로 왕업을 이어받아 덕을 이루려면 마땅히 내조에 힘입어야 하겠기에 훌륭한 가문을 찾아 비(妃)를 구하였다. 그대 송씨는 성품이 온유하고 심중이 깊어 중궁의 자리에 부족함이 없고 한 나라의 국모에도 손색이 없다. 이에 사(使) 효령대군 이보와 부사 호조판서 조혜를 보내어 옥책과 보장(寶章)을 주어서 왕비로 삼노라."

낭독을 마친 상궁이 옥책을 받들어 송씨에게 전했다. 이어 교명 함이 열렸다.

"왕은 말하노라. 옛부터 제왕이 국가를 다스릴 적에 먼저 배필을 세우는 것은 만복의 근원을 굳건히 하려는 까닭이다. 그대 송씨는 훌륭한 집안에서 자라 너그러운 마음과 아름다운 자태가 있어 비(妃)에 부족함이 없으니 마땅히 궁위(宮闈)를 세우고 종묘를 받들어야 할 것이다. 이제 옥책(玉冊)을 갖추어 왕비로 삼으니 내명부를 바로잡아 기틀을 넓히도록 하라."

송씨가 꿇어앉아 교명을 받았다. 자연인 송현수의 딸이 왕비가 되었음을 스스로 수락한 것이다. 왕비가 교명함을 전언(典言)에게 주었다. 이어 상복이 보수(寶綏)를 받들어 왕비에게 주자 왕비가 받아 사기(司記)에게 건넸다.

"부복 흥(興) 4배요."

상의(尙儀)가 꿇어앉아 작은 목소리로 말했다. 왕비가 일어나 네 번 절했다. 신하의 입장에서 북쪽 경복궁에 있는 임금을 향하여 절했다. 보이지 않은 지아비를 향하여 절한 것이다.

상침이 소속 여관을 거느리고 당상 북벽에 왕비의 좌석을 마련했다. 교명과 옥책을 왕비의 좌석 앞에 모셨다.

"자리에 오르소서."

상의가 부복하여 왕비에게 청했다. 왕비의 자리에 오르라는 것이다. 송현수의 딸이 왕비의 자리에 앉았다. 그 즉시 왕권을 상징하는 일산(繖)과 부채(扇)가 시위했다. 6상궁 이하 여관 모두가 내려와 뜰에 섰다.

"4배 하라."

전찬이 소리쳤다. 6상궁 이하 모든 여관이 네 번 절했다. 잘 받들어 모시겠다는 충성의 몸짓이다. 왕비가 자리에서 일어났다. 모든 여관이 두 손을 모으고 허리를 굽혔다. 지긋이 내려다보던 왕비가 계단을 내려왔다. 상궁이 인도하여 안전으로 들어갔다. 여관의 손에 들려있던 옥책과 교명도 뒤따라 들어갔다. 책비의(冊妃儀)가 끝났다.

혼례 의식이 차질 없이 진행되고 있다는 보고를 받은 수양이 승지들을 소집했다.

"왕비를 맞아들인 다음에 길복을 따를 것인가? 아니면 상복인가?"

지금은 국상 중이다. 국가의 경사 국혼을 위해 상복을 벗은 것 까지는 좋았는데 그 다음이 문제다. 조정 신하들이 계속 길복을 입을 것인가? 아니면 상복을 다시 챙겨 입어야 하는가? 그것이 문제였다.

"이미 권도(權道)에 따라 왕비를 맞아들였으니 길복을 계속 입는 것이 좋겠습니다."

도승지 최항, 좌부승지 박원형, 우부승지 권자신, 동부승지 권남이 길복에 찬성을 표했다.

"권도로써 상제(喪制)를 단축 시킬 수 없습니다."

우승지 박팽년이 반대했다. 권도는 편법이니 원칙으로 돌아가자는 것이다.

"국가 대사를 위해 길복을 입었으면 계속 길복을 입어야지 새삼스럽게 상복을 입는 것은 혼례 자체를 부정하는 것 아닌가? 이는 곧 혼례를 올린 전하를 능멸하는 결과가 된다. 상복은 결단코 불가(不可)하다."

수양이 선언했다. 한 번 길복이면 계속 길복이라는 것이다. 그 속내에는 문종의 상(喪)을 빨리 잊고 새 체제로 가자는 것이다.

"왕비를 맞아들이는 일은 신료들의 청에 쫓겨서였다. 마음이 편안치 못하니 이를 정지시켜라."

예상하지 못했던 변수가 돌출했다. 임금이 돌발 발언을 하고 나선 것이다. 종친·부마·의정부·육조의 당상이 빈청에 모여 긴급회의에 들어갔다.

"왕비를 맞아들이는 것을 어찌 다시 의논할 필요가 있겠는가?"

수양이 운을 뗐다.

"종사 대계 때문에 혼례를 청했고 이미 책례(冊禮)가 이루어졌으니 어찌 중지한단 말씀입니까? 중지할 수 없습니다."

모두 국혼 중지에 반대했다. 회의를 마친 수양이 집현전 부제학 하위지와 직제학 이석형에게 임금을 알현하라 지시했다.

"백관들이 왕비를 맞아들이도록 청하였을 때 상중에 있는 전하의 마음이 편치 않으리라는 것을 모르는바 아닙니다. 허나, 이미 납채, 납징, 고기의 예를 마쳤으니 비록 왕비를 맞아들이지 않더라도 무엇이 다르겠습니까? 더구나 이미 옥책을 내려 왕비를 책봉하였으니 돌이킬 수 없습니다."

"돌이킬 수 없다는 것을 돌이켜라. 왜 돌이키는 것에는 권도를 적용할 수 없다는 말인가?"

"이미 종묘·사직과 경희전에 고(告)했습니다. 지금 이를 정지시킨다면 무슨 이유로 또 신명께 고하겠습니까?"

"그대들이 고하지 못하겠다면 과인이 무릎 꿇고 고하겠노라."

"전하께서는 어린 나이에 왕위를 이어 위로는 모후의 보호가 없으시고 좌우에는 환관이 있을 뿐입니다. 드넓은 궁궐에서 홀로 계시기 때문에 종친과 신료들이 종사 대계를 위하여 중궁을 세우도록 청하였습니다. 이제 책비를 마쳐 중궁의 명위(名位)가 세워졌는데 봉영(奉迎)하는 예를 정지시킨다 하더라도 어찌 다름이 있겠습니까? 신민들의 소망에 부응하소서."

"돌아들 가라."

임금의 의지가 흔들리지 않는다는 보고를 받은 수양이 입궐하여 임금과 마주했다.

"성상께서 백관의 청을 따르시어 이미 왕비를 책봉하였으니 어찌 이를 정지할 수 있겠습니까?"
"과인이 억지로 따르려고 했으나 다시 생각하니 마음이 편안하지 않으오."
"신민의 뜻을 따르소서."

"숙부!"

임금이 수양을 뚫어져라 쳐다보았다.

"예, 하문 하소서."
"숙부의 형님이 누구시오?"

뜬금없는 질문에 수양이 잠시 어리둥절했다.

"그야, 문종대왕 이십니다."
"그렇습니다. 숙부의 형님은 문종대왕이시고 문종대왕은 과인의 부왕이십니다."

어린 임금의 눈가에 이슬이 맺혔다. 잠시 고개를 들어 천장을 쳐다 보던 임금이 호흡을 가다듬으며 말을 이어갔다.

"부왕이 훙서하신지 1년이 채 안되었습니다. 국상 중에 이렇게 혼례를 서두른다는 것이 양심에 허락하지 않습니다. 더구나 상중에 혼례를 올리는 것은 옳지 않다는 말을 들으니 미음이 디욱 무겁습니다."

"성삼문의 말을 듣고 갑자기 대사를 정지시키는 것은 적절한 처사가 아닙니다. 무릇 조정의 일은 모두 옛 제도를 따를 수가 없습니다. 현실에 맞지 않는 것은 고쳐야 합니다. 권도에 따라서 왕비를 맞아 들이소서."

수양이 눈을 부릅떴다. 어린 임금이 입을 닫고 말았다.

"모든 백관들이 왕비를 맞아들이도록 청할 때, 성삼문이 경전을 들어 반대의견을 내놓았으나 납채, 고기할 때는 아뭇소리 안하고 찬성 반열(班列)에 따랐습니다. 이제 봉영의식만 남겨놓은 현 싯점에서 반론을 제기하고 있으니 이는 이름을 얻고자 하는 술책입니다. 국론을 분열시키고 자신의 이름을 올리려는 자를 금부에 하옥하고 국문하소서."

청이라는 이름을 빌렸지만 명이다. 누가 누구에게 명을 내리는지 모르겠다.

"성삼문의 고신을 거두고 국문하라."

어명이 떨어졌다. 좌사간 성삼문에게 불똥이 떨어진 것이다.

너무 힘들어요. 힘을 주세요

신하들

새 아침이 밝았다. 상쾌한 아침이다. 문무백관들이 길복으로 갈아입고 경복궁에 입궐했다. 내명부의 수장으로 등장한 왕비를 하례(賀禮)하기 위해서다. 칙칙한 상복을 벗어버리니 발걸음도 가볍다. 첫날밤, 색시의 품에 안겨 잠들었던 임금이 곤룡포에 면류관을 쓰고 근정전 어좌에 앉았다. 그 바로 옆에 직의(翟衣) 차림의 왕비가 앉았다.

"배(拜)하라."

전의(典儀)가 큰 소리로 주문했다. 이를 받아 통찬이 외쳤다.

"국궁(鞠躬) 사배(四拜) 흥(興) 평신(平身)이오."

풍악이 울렸다. 계하의 모든 백관이 4배하고 일어나 허리를 폈다. 국모에게 드리는 첫 인사다.

"산호(山呼)."

통찬이 외쳤다. 모든 관원이 두 손을 치켜들고 '천세!'를 외쳤다. 통찬이 다시 산호를 주문하자 다 같이 두 손을 치켜들고 '천세!'를 외쳤다. 이어 통찬이 '재산호'를 주문하자 '천천세!'를 크게 부르고 엎드렸다가 일어나서 허리를 폈다.

"과인이 덕이 적은 사람으로서 근일에 간신의 변란으로 화(禍)의 기운이 절박하였으나 다행히 종사의 혼령이 도와 대난(大難)을 평정할 수 있었다. 이제 어진 왕비를 세워 내치를 주장하게 하고 왕가의 후손을 넓혀 선대의 위업을 보존하려 한다.

종친과 훈신, 문무신료들이 '권도(權道)를 써서 길복을 입어야 한다.'고 청하였으나 과인이 따르지 않았는데 여러 신하들이 이르기를 '내 한 몸은 종사 생령의 의지하는 바이니 사사로이 할 수가 없는 것이라.' 하여 과인이 여러 사람의 의논에 따라 송씨를 책봉하여 왕비로 삼고 이를 외방에 선포한다.

> 1. 오늘 새벽 이전에 모반과 대역한 자. 조부모나 부모를 살해하거나 때리고 욕한 자, 지아비를 죽인 처나 첩, 주인을 모살한 노비, 고의로 살인한 자, 강도와 절도를 범한 자를 제외한 모든 범죄는 모두 용서하며 이를 면죄한다.

1. 오늘 이전에 백성들이 받아 간 나라의 곡식은 모두 감면한다.

1. 업무 중 관물을 소손 시키거나 축나 없어진 책임을 묻지 않는다.
대사령이 이와 같으니 과인의 은전이 만백성에게 미치게 하라."

조정의 하례에 이어 팔도의 관찰사·절제사·처치사가 모두 전을 올려 하례했다. 그야말로 조선팔도가 경축에 휩싸였다. 하지만 그것은 관직에 있는 그들만의 잔치일 뿐 대다수의 백성들은 다가오는 보릿고개를 걱정하고 있었다.

와비의 생일날이다.
궁에 들어 온지 7일도 되지 않은 왕비가 생일을 맞았다. 겹경사다. 종친과 백관들의 부인이 앞 다투어 비단과 옷감을 바쳤다. 눈 맞춤이다. 이럴 때 눈도장을 찍어놔야 부군이 곤경에 처했을 때 구명의 끈을 잡을 수 있다.

"신하들의 뜻에 따라 가례를 올렸지만 탄일 하례는 아니라 생각한다."

거상 중이라는 것을 의식한 임금이 하례를 정지시켰다.

여인들의 야망과 욕망

연경당 솟을대문

문은 닫아놓았을 때 존재감이 드러날까? 열어 놓았을 때 정체성이 돋보일까? 모든 권력이 수양에게 집중되자 그의 사저 명례궁은 대문을 닫아놓을 시간이 없었다. 분경이 전성기를 누릴 때도 문턱이 닳았지만 실권을 거머쥔 요즈음 드나드는 사람으로 문전성시를 이루었다.

한 자리 얻어 보겠다고 바리바리 뇌물을 갖다 바치는 사람, 특급 정보라고 허풍떠는 사람, 잔존 김종서 세력의 비밀이라고 첩보를 제공하는 자, 사람 살려 달라고 구명을 호소하는 사람, 등등이 줄을 이었다. 정치는 물론 백성들의 생사여탈마저 그곳에서 나오니 덩달아 부부인의 위상도 높아졌다.

야심한 밤. 명례궁. 부부인이 수양의 품을 파고들었다.

"대감께 청이 있습니다."
"무슨 말씀이오?"
"꼭 들어주실 거지요?"
"들어 준다 하지 않았습니까?"
"왕비를 우리 집에 불러 인사를 받고 싶습니다."

수양의 눈이 번쩍 뜨였다.

"왕비라 했습니까?"
"네, 의덕왕비 송씨 말입니다."
"당치 않는 말씀입니다. 어떻게 왕비를 우리 집에 부른단 말씀입니까?"
"왜 안 된다고 미리 예단 하십니까? 보잘것없는 송씨 가문의 딸이 어떻게 왕비가 되었습니까? 대감께서 밀어주지 않았으면 지가 어떻게 왕비가 될 수 있었느냐 말씀입니다. 우리가 부르기 전에 와서 인사해야지, 그러하지 않습니까?"
"그런 예도 없었고 있어서도 안 될 일입니다."
"예는 만들어 가면 되지를 않습니까? 왜 이렇게 심약해지셨습니까? 예는 얼마든지 만들 수 있는 능력자라고 믿었는데 실망스럽습니다."

"욕심입니다."

"욕심이라 하셨습니까?"

"그렇소."

불쾌한 듯 수양이 머리를 돌렸다.

"대감을 하늘처럼 받들며 살아왔는데 소첩을 천박하다 하시니 눈물이 나오려 합니다."

"부인을 누가 천박하다 했습니까?"

"욕심은 천박한 욕기(慾氣)입니다. 대감께서 야망이 있으시다면 소첩은 욕망이 있습니다."

"그리 이해하셨다면 미안하오. 욕망이 무엇인지 들어나 봅시다."

"우리 아들을 보위에 올리고 싶습니다."

"큰일 날 소리입니다. 밖에 누가 들을까 두렵습니다."

수양이 김종서를 참살하러 나갈 때 손수 갑옷을 입혀주던 여인이 수양 부인이다. 보통의 여자라면 지아비가 안전이 담보되지 않은 일을 행하려 할 때 자신과 자식의 안위를 위해 만류하는 것이 상례다. 허나, 부인은 머뭇거리는 수양의 등을 떠밀어준 강심장의 여인이었다.

부인은 원래 수양의 배필 후보가 아니었다. 세종은 윤번의 맏딸이 조신하다는 말을 듣고 상궁을 파견했다. 허나, 돌아온 상궁은 첫

째보다도 둘째가 훨씬 나아 보인다고 보고했다. 세종은 마음을 바꿔 둘째를 수양의 부인으로 맞아들였다. 본의는 아니지만 언니의 신랑감을 가로챈 것이다.

수양 부인의 의중은 곧 한명회에게 전해졌고 한명회는 임금을 움직였다.

"과인과 중전이 영의정 집에 가서 잔치하고자 한다."

임금이 승정원에 전교하자 대궐이 발칵 뒤집혔다. 임금이 신하 집에 가서 잔치한다는 것은 있을 수 없는 일이다. 더구나 중전이 간다는 것은 전무후무한 일이다. 좌헌납 서강이 반대하고 나섰다.

"수양대군 사가에 가신다는 말씀을 듣고 놀라움을 금할 수 없었습니다. 예전에 임금이 대신 집에 임하신 일은 간혹 있지만 중궁께서 친히 가시는 일은 없었습니다. 어찌 국모로서 가볍게 거동할 수 있겠습니까? 거두어주소서."

"중궁이 친히 가야 수양 부인을 위로힐 수 있다."

"중궁이 신하의 집에 가는 것은 조종조(祖宗朝)에 예가 없습니다. 전하께서 친히 가시면 됐지 어찌 중궁이 함께 가야만 예라 할 수 있겠습니까?"

"내 뜻이 이미 정해졌으니 돌이킬 수 없다."

허나, 임금의 의지는 무너지고 해동은 조종당했다. 임금이 중전과 함께 경복궁을 나섰다. 좌의정 정인지, 우의정 한확, 도승지 신숙주, 좌부승지 권남, 동부승지 한명회, 좌승지 박원형, 우승지 권자신, 우부승지 구치관, 판내시부사 엄자치, 환관 전균이 수행했다.

담장 명례궁터에 세워진 궁궐 담장사진

임금의 행차가 광통교를 건너 명례궁에 도착했다. 그곳에는 양녕대군 이제를 비롯한 종친과 영양위 정종, 영천위 윤사로, 화천위 권공 등 부마, 왕비의 아버지 여량군 송현수가 미리와 대기하고 있었다. 임금이 대문밖에 이르자 준수하게 잘생긴 젊은이가 정중하게 맞이했다.

"전하! 누추한 소신의 집을 찾아주시니 광영입니다. 어서 안으로 드시지요."

수양의 맏아들 도원군이다. 이때 수양에게 아들이 둘 있었다. 훗날 왕위에 오른 둘째 해양군은 이제 갓 다섯 살이다. 임금과 도원군은 사적으로는 사촌 형제지간이다. 도원군이 17세. 임금이 14세. 임금이 동궁에 있을 때는 친형처럼 많이 따랐다. 허나, 그것은 사사로운 일. 현재는 군신 관계다.

서청(西廳)에서 연회가 펼쳐졌다. 풍악이 울리고 진수성찬이 차려졌다. 흥겨운 것 같았지만 예리한 눈빛들이 오갔다. 탐색전이다. 효령대군을 중심으로 한 수양 지지 세력은 외연 확대에 열을 올렸고 금성대군을 주축으로 한 반대 세력은 흘러 다니는 정보수집에 여념이 없었다.

왕비는 익랑(翼廊)에서 별도로 연회를 주관했다. 왕실의 여자들은 물론 정권 실세의 혈족과 차세대 권력자 부인들이 갖은 치장을 하고 맵시를 뽐내는 경연장이었다. 특히 현 왕비와 차기 내명부 수장 후보들이 운명적으로 마주치는 각축장이었다.

"중전마마! 만수무강하소서."

먼저 수양대군 부인이 예를 올렸다. 절을 올리는 소매 사이로 왕비를 노려보는 눈이 매서웠다. 훗날 조선 개국 이래 최초의 수렴청정을 행했던 여걸이다. 예종 1년, 성종 7년. 도합 8년간 그녀는 여왕처럼 군림했다.

"그 자리 누구 덕에 올라갔느냐? 하례는 내가 받아야 하거늘. 네가 받는다는 것이 말도 안 돼. 난 네가 그 자리에서 빨리 내려오기를 기도하고 있어. 암, 빨리 내려와야지…."

수양 부인 윤씨는 독실한 불교 신자였다. 사찰과 승려들은 조선을 개국한 성리학자들의 척불숭유 정책에 따라 핍박을 받았다. 심지어 도성 출입마저 금지당했다. 하지만 윤씨는 이에 아랑곳 하지 않고 공공연하게 승려를 집으로 불러들이거나 암자에 나가 기도를 올렸다.

뒤이어 경혜공주와 경숙옹주가 예를 올렸다. 말은 없었지만 그들의 눈빛은 연민으로 가득 차 있었다. 바람 앞에 등불처럼 위태로운 임금. 그 곁에 외롭게 서 있는 왕비. 그들을 바라보는 누이와 시누이의 시선은 애잔하기 짝이 없었다.

봉보부인과 윤번의 처가 예를 올렸다. 봉보부인은 임금을 기른 유모다. 왕실 법도는 임금의 유모를 내명부 종1품으로 예우했다. 더욱이 엄마가 없는 임금을 친자식처럼 기른 봉보부인을 왕실에서는 각별히 존중했다.

참석한 여인들 중에서 제일 나이 많은 여인이 나섰다. 윤번의 처다. 수양의 장모이며 부부인의 친정어머니다. 사복시 소윤 한계미의 처에 이어 마지막으로 도원군의 처가 예를 올렸다. 제일 젊은 여인이며 참석한 여인들 중 자태가 가장 빼어난 여인이었다. 군집한 닭 사이에 한 마리의 학처럼 돋보였다.

"흥, 나이도 어린것이 건방지군, 넌 그 자리에 어울리지 않아. 나라면 모를까."

왕비를 바라보는 눈길이 까칠하다. 왕비 15세, 그녀 18세. 그녀는 훗날 인수대비가 되는 한확의 딸이다. '나라면 모를 까'에 자존심이 묻어 있다. 그녀의 집안은 조선팔도에서 알아주는 미녀 집안이다.

공녀(貢女)로 붙들려간 그녀의 큰 고모는 명나라 황제 주원장의 후궁이 되어 려비(麗妃)가 되었고, 작은 고모는 선종의 후궁이 되어 공신태비가 되었다. 공출된 조선 처녀가 황제의 여인이 된다는 것은 미모 아니고서는 설명할 길이 없다. 한확은 누이 덕에 명나라 황실로부터 광록시 소경이라는 벼슬을 얻었고 조선의 중국통으로 군림하며 출세 가도를 달렸다.

그녀는 수양의 맏아들 도원군과 혼례를 올리고 지난해 아들 이정을 낳은 5년차 부인이다. 그 아기가 훗날 월산대군이고 성종으로 왕위에 오른 자을산군은 아직 태어나기 전이다.

수양은 용인술이 뛰어났다. 가치 있는 사람은 끌어들여 적재적소에 배치했고 버릴 사람은 가차 없이 버렸다. 그에겐 설득이란 없었다. 설득하느니 버리고 수습하는 성미였다. 혼사도 잘 이용했다. 현 정국을 이끌어가는 의정부의 삼정승은 영의정 수양, 좌의정 정인지, 우의정 한확이다. 이들은 혼맥으로 엮여 있다. 좌의정의 아들이 사위이고 우의정의 딸이 며느리이다.

동생의 여자를 넘본 왕자, 딱 걸렸다

세종대왕

　세종대왕과 정비 소헌왕후 슬하에는 8남2녀가 있다. 그들의 금슬은 좋았지만 정치적인 격랑기에는 사랑도 소원했다. 친정아버지가 시아버지에게 죽임을 당하는 슬픔의 계절에는 잠자리도 뜸했다. 태종이 세상을 떠나고 세종의 정치적 입지가 안정화되면서부터 이들의 관계도 성숙해졌다. 이 때 회임하여 낳은 아들이 수양대군, 안평대군, 임영대군이다. 이들은 한 살 터울 연년생이다.

이 때 이들 사랑의 틈바구니를 헤집고 들어오는 여인이 있었으니 궁녀 강씨다. 수려한 외모에 세종은 첫눈에 반했다. 왕비 이외의 첫 여자다. 강씨는 곧 승은을 입어 왕자를 낳았다. 세종의 제1 서자인 화의군 이영이다.

강씨는 소헌왕후 심씨의 조카다. 이모의 천거로 궁에 들어와 이모부를 가로챈 여인이 된 것이다. 기구한 운명이지만 그녀에게는 죄가 없다. 이쁜 게 죄다. 강씨의 어머니는 청송심씨로 심온의 둘째 딸이자 소헌왕후의 여동생이다. 따라서 강씨에게 있어 세종은 지아비이며 이모부다.

세종의 18명 아들 중에 가장 한량스러운 왕자가 안평이라면 여색을 밝히는 왕자는 화의군이다. 그는 형 임영대군과 함께 외간 여자를 남장시켜 경복궁으로 들어가려다 수문장에게 발각되어 곤혹을 치르기도 했고 조관(朝官)의 기첩을 빼앗은 사건으로 직첩이 몰수되기도 했다. 그런 그가 또 사고를 쳤다. 아우 평원대군의 첩 초요갱과 염문을 뿌린 것이다.

"화의군이 평원대군의 첩 초요갱과 간통한 깃은 강상을 어지럽히는 중대한 범죄이오니 엄중히 다루어 풍속을 바로 세우소서."

삼정승과 육조판서들이 빈청에 모여 의논한 결과를 승정원에서 아뢰었다. 화의군의 애정행각이 현안으로 떠오르자 혜빈 양씨가 구명에 나섰다. 궁녀로 들어와 세종의 후궁이 된 그녀는 세자빈이 아들을 낳고 죽자 세손을 맡아 기른 여인이다. 그녀는 화의군의 생모는 아니었지만 자신 소생 한남군과 영풍군을 챙겨주는 화의군을 살갑게 대해주었다.

화의군의 아내와 함께 임금을 알현한 혜빈은 화의군의 선처를 호소했다. 임금에게 혜빈은 할머니 되지만 어머니와 같은 존재다. 이들의 임금 알현을 환관 엄자치가 주선했다. 궁에서 나온 그들은 화의군과 함께 금성대군 이유의 집으로 향했다.

"초요갱은 양갓집 규수도 아니고 평원대군이 슬쩍 스치고 지나간 기생 일뿐입니다. 상당히 오래된 일을 지금에야 끄집어내어 문제를 삼는 것은 나와 금성 아우님을 죽이려는 모략입니다."

화의군이 목소리를 높였다.

"형님! 목소리를 조금 낮추십시오. 낮 말은 새가 듣고 밤 말은 쥐가 듣는다 하지 않았습니까? 지금 저희 집에는 밤 말도 사람이 듣습니다."
"여기뿐만이 아니라 저희 집에도 세작이 쫙 깔려있습니다."

영양위 정종이 맞장구를 쳤다.

"김종서 장군 죽이고 안평대군 죽였으니 이제 저들의 눈에는 오직 금성대군밖에 없습니다. 첫째도 몸조심 둘째도 몸조심입니다."

혜빈 양씨가 거들었다.

"우리 아버지가 일찍이 말하기를 '반드시 떠돌아 다니다가 죽을 자가 있을 것이다.' 하셨습니다."

화의군 이영의 아내가 열을 올렸다. '그 자'가 누구인지는 특정하지 않았지만 이심전심으로 공감하는 자였다.

"떠돌아 다니다가 죽기 전에 먼저 죽여야 합니다."

지내시부사 윤기가 열변을 토했다.

"수양을 죽이는 것은 아직 때가 아닙니다."

영양위 정종이 시기상조론을 폈다. 금성대군 집에서 회합한 그들은 결론 없이 헤어졌다. 돌아가는 영양위에게 금성은 금대(金帶)를 선물했다. 이 때 혜빈 양씨 소생 수춘군이 병약하여 금성대군 집에서 피접 요양하고 있었기 때문에 혜빈은 금성대군 집에서 살다시피 했다.

이들의 회합은 즉각 수양에게 알려졌다. 오고 간 대화 내용까지도 수양 귀에 들어갔다. 허나, 수양은 서두르지 않았다. 급하게 치고 나가다 역풍을 맞을 수 있다. '천천히 처결해도 시간은 우리 편이다.'라는 자신감이 붙은 것이다. 헌납 서강이 깃발을 들었다.

"환관의 직임은 문(門)을 소제하거나 전지를 받들어 출납하는 것이 소임인데 국정에 간여하고 조정을 경멸했다면 불경한 처사입니다.

엄히 다스리소서."

화의군과 혜빈 양씨의 편의를 제공한 환관 엄자치가 도마 위에 올랐다. 수양이 나섰다.

"환관 엄자치가 본분을 망각하고 월권했다면 조정을 능멸한 처사입니다. 만약 주상과 신하 사이에 가로막히는 것이 있어 서로 통하지 않는다면 이는 소통 부재입니다. 위와 아래가 통하지 않으면 어찌 옳은 정치라 할 수 있겠습니까? 이를 가로막는 자가 있다면 능치처사해도 부족함이 없습니다."

일차 희생자는 만만한 환관이다. 엄자치를 의금부에 하옥한 수양은 그를 곧바로 하삼도의 관노로 영속시켰다. 이에 불만을 품은 간원에서 더 멀리 내치라 하여 제주도 유배령을 받고 현지로 가다 길에서 죽었다. 한때는 김종서와 황보인을 참살하는데 공을 세워 계유정난 공신에 올랐지만 버릴 때는 헌신짝처럼 버린 것이다.

"화의군이 최승손, 김옥겸과 더불어 금성대군 집에서 잔치를 베풀고 활을 쏘았습니다. 무인들이 서로 패거리를 짓고 사사로이 모임을 가졌으니 어찌 사유가 없겠습니까? 유사에 회부하여 죄를 밝히소서."

사간원에서 들고 일어났다.

"금성대군 집에서 무인들이 모임을 가졌던 것이 한두 번이 아니었으니 이것이 어찌 공연히 모였겠습니까? 반드시 모종의 모의가 있었을 터이니 이들을 유사에 내려 추국하소서.”

불똥이 금성대군에게 튀었다. 수순이다. 무르익었다고 생각한 수양이 참모들을 소집했다.

때는 만들어가는 것이다

　한명회를 필두로 신숙주, 권람, 홍달손, 양정, 홍윤성이 속속 집결했다. 직계 참모 외에 계양군 이증과 파평위 윤암도 참석했다. 수양의 사저 명례궁에 이렇게 많은 사람이 모인 것은 오랜만이다. 계양군은 세종의 후궁 신빈 김씨 소생으로 수양을 도와 안평대군을 제거한 공신이다. 그의 처는 우의정 한확의 딸이다.

　한확은 자신의 누이 2명을 명나라 황실에 보내 그 후광으로 승승장구했고, 딸 2명은 조선 왕실에 출가시켰다. 하나는 세종대왕의 며느리로, 또 하나는 세종의 아들 수양대군 며느리로 만들었다. 그의 딸들은 친정에서는 자매지만 왕실에서는 상하관계가 된다.

　"금성대군과 화의군, 그리고 이들을 지원하는 혜빈과 박상궁을 처단해야 합니다."

　태종의 부마 파평위 윤암이 열을 올렸다.

　"어찌하여 종사를 위한 계책을 세우지 않으시고 사사로운 정으로 결단하지 않으십니까? 만약 이들 무리가 뜻을 얻는다면 후세에 누가 형님의 충의를 알겠습니까? 형님이 머뭇거리면 사직의 존망은 예측할 수 없습니다."

계양군 이증이 결단을 촉구했다.

"아직 때가 아니다."
"때가 아니긴 왜 아닙니까? 이놈들이 대낮에 회합을 갖고 겁대가리 없이 날뛰는 꼬락서니가 명줄을 재촉하는 것 같습니다. 당장에 날려버립시다."

홍달손이 그 특유의 목소리로 목청을 높였다. 그는 정난 후, 벼락 출세해 병조참판에 올랐다. 병조판서는 수양이 겸하고 있으니 수양의 의중을 살펴 병권을 요리하는 위치에 있는 것이다.

"이놈들의 목숨 줄이 얼마나 질긴지 한 번 시험해 봐야겠습니다."

양정이 두 주먹을 불끈 쥐었다. 힘 하나 빼고는 내세울 것이 없는 그가 병조참의에 오른 것은 순전히 힘 덕이었다. 정난이 그에게 멍석을 깔아줬고, 그는 유감없이 힘 자랑을 해 공신에 올랐다. 그는 수양이 없는 병조를 홍달손과 함께 끌고 가는 쌍두마차다.

"때를 만들어가는 사람은 혁명가입니다."

"일에는 선후가 있고 만사에는 높고 낮은 것이 있다. 왜들 이리 서두르나."
"때는 무르익었다 생각 합니다. 허나, 중국 사신이 들어오고 있으니 그들이 나간 다음에 손을 보도록 하지요."

도승지 신숙주가 시기 조정을 제안했다.

"때를 기다리는 자는 군자(君子)고, 때를 만들어가는 사람은 혁명가
입니다. 누가 우리를 군자라 하겠습니까? 어림없는 소리입니다. 여러
분 중에 우리를 군자라 생각하고 있는 분이 계시다면 그것은 대단한
착각입니다. 우리는 군자가 아닙니다. 혁명에 충실해야 할 우리입니
다. 때는 만들어가는 것이지, 때가 우리를 기다려주지 않습니다."

육두문자가 난무하던 장내가 한명회의 일성에 쥐 죽은 듯이 조용
해졌다.

"그 시기가 언제라 생각하나?"

수양이 한명회에게 눈길을 주었다.

"이제 우리가 한 두 사람 처단하거나 귀양 보내는 것은 큰 의미가
없습니다. 우리가 칼을 빼어 들면 접수해야 합니다."
"접수라 했습니까?"

파평위 윤암이 놀란 얼굴로 되물었다.

"그렇습니다. 이제 우리가 일어나면 전하를 뒤로 물리고 그 자리
를 접수해야 합니다."

천기누설이 따로 없다. 하늘의 기운이 바로 이 자리에 있다. 천기가

이곳에서 조화를 부리고 있는 것이다. 두려움과 기대가 파도처럼 밀려왔다. 솔직히 떨고 있는 사람도 있었다. 큰소리 뻥뻥치던 홍달손도 후덜덜 떨리고, 팔을 걷어 부치며 기고만장하던 양정도 사실 떨고 있었다.

"접수라 했나?"
"네, 그렇습니다."

수양이 묻고 한명회가 답했다.

"접수라?"
"그렇습니다."

차갑고 건조한 목소리가 오고 갔다.

어좌(경복궁 근정전)

"그 자리는 아버지가 앉았고 할아버지가 앉았던 자리다. 현재 그곳에 조카가 앉아 있다. 앉아야 할 충분한 자격이 있고, 당연 그 자리의 주인은 조카다. 그것에 토를 달 생각은 추호도 없다. 조카의 그 자리를 지켜주기 위해 김종서를 날려버리지 않았는가. 헌데 그 자리를 접수하라? 그러면 조카는 어디로 가란 말인가?"

"이제 우리 솔직해져야 합니다. 소인이 나리를 처음 뵈었을 때, 눈빛에서 야망을 읽었습니다. 그 야망이 소인의 뜻과 같아 나리의 과업에 주저 없이 합류했습니다. 그 빛깔은 분명 어좌였습니다. 그게 아니었다면 소인이 사람을 잘못 본 것이고, 그게 맞다면 나리께서 나리 자신을 속이신 것입니다. 소인이 진정 잘못 봤다면 짐을 싸 들고 개성으로 내려가겠습니다. 사람 하나도 제대로 볼 줄 모르는 사람이 어떻게 나라의 앞날을 논하겠습니까?"

"김종서 일당을 참살한 것은 조카의 자리를 지켜주기 위한 거사였다 하지 않았는가. 신하가 임금 위에 군림하려드는 나라, 나라를 위한 척, 임금을 위한 척 하면서 실지로는 자신들의 수하를 심고 배를 불리는 황표정사로 왕실을 능멸하는 것을 더 이상은 참고 봐줄 수 없었단 말일세."

"나라가 나라답게 굴러가려면 임금이 임금 노릇을 해야 합니다. 때문에 그들은 죽어야 했고, 망설임 없이 죽였습니다. 허나, 그들을 죽였다고 해서 이 나라가 태평성대로 굴러갈 것이라 생각했다면 오산입니다. 오히려 그들을 추종하는 잔당이 은밀히 세를 모아 반전을 꾀하고 그들의 농간에 국론이 분열되고 있습니다. 강력한 왕권이 필요한 때가 바로 지금입니다. 그 왕권 행사에 나리가 오르는 일 외엔 대안이 없습니다."

얼음장처럼 차가운 한명회의 목소리가 잔잔하게 울렸다. 이때였다. 한명회를 아니꼬운 눈초리로 바라보는 시선이 있었다.

비틀어진 백악이 문제다

삼각산(좌로부터 백운대, 만장봉, 인수봉)

한양을 도읍지로 정할 때 정도전이 조산(祖山)으로 삼았던 영산(靈山). 왼쪽이 만경대, 가운데가 백운대, 오른쪽이 인수봉이다. 이들 세 봉우리가 뿔처럼 솟아 있다하여 삼각산이라 부른다.

"말끝마다 '나리!' '나리!' 하는데 그 말버릇 좀 고칠 수 없나? 이제는 영의정이지 않으신가?"

홍윤성이 끼어들었다. 수양이 예전에는 임금의 아들이라는 이유 하나로 대군(大君)이라 불리었지만 이제는 영상의 자리에 있으니 그에 걸맞게 언사를 고치고 예우하라는 것이다.

영의정은 딱 한 사람 아래다. 만인이 우러러보는 일인지하 만인지상(一人之下 萬人之上)의 자리다. 물려받는 세습의 자리도 아니고 연로하다고 올라가는 자리도 아니다. 임명권자가 임명하는 최고의 자리다. 당연 만백성으로부터 존경을 받을 만한 가치가 있는 자리다. 허나, 수양은 자기가 그 자리에 올라가 있다. 모양새가 썩 아름답지 않다. 좌정한 사람들 모두 한명회를 주시했다. 그의 응대가 궁금한 것이다.

홍윤성은 수양 휘하 중 신숙주를 제외하고 유일하게 문과 출신이다. 그는 세종 때 문과 급제했지만 무반(武班)으로 방향을 틀었다. 개인적인 무재(武才)도 있었지만 병약한 문종과 어린 임금의 세상을 난세로 읽었다. 난세(亂世)에는 모든 힘이 무(武)에서 나오고 문(文)보다 무(武)가 활동 영역이 넓다고 판단했기 때문이다.

예리한 분석이다. 태풍이 휩쓸고 지나가면 주변부는 쑥대밭이 되지만 중심부는 무풍지대다. 전쟁이 발발하면 군대에 있는 것이 오히려 안전하다는 역설이 바로 그것이다.

홍윤성은 사복시에 근무할 때 수양에게 발탁되었다. 사복시는 궁중의 말(馬)을 관장하고 왕실 목장을 담당하는 기관이지만 병조 아문이다. 수양의 그릇을 파악한 그는 권람을 천거했고 자신의 용량으로 감당하기 어렵다고 판단한 권람은 한명회를 추천했다. 돌이 황금을 알아보고 황금이 보석을 알아본 격이다.

"소인이 권승지의 소개로 나리를 처음 뵈었을 때 목숨 바쳐 모시기로 결심했습니다. 주군(主君)을 위해 이 한 목숨 바치기로 작심했다이 말씀입니다. 지금 이렇게 살아 있지만 이 목숨은 소인의 목숨이 아닙니다. 죽으면 주군의 수하로 죽고 살면 주군의 신하로 살고 싶습니다."

한명회의 결기가 언제부터 이렇게 탄탄해졌던가? 20년 지기 권람도 놀랐다.

백악산

정도전이 한양도읍을 건설할 때 주산(主山)으로 삼았던 산이다. 경복궁 뒷산으로 정상에는 영험한 바위가 있어 무속신앙의 대상이었으며 비가 오지 않으면 기우제를 지내던 곳이다.

"그 자리는 형님의 자리였고 또한 형님의 아들 자리라 하지 않았는가?"

"소인은 학문이 짧아 도참(圖讖)은 잘 모르지만 인왕산을 주장한 무학도사의 논리는 배격하고 정도전의 백악 주산설을 지지합니다. 백악을 뒤로하고 남면하여 신하들의 조하를 받으면 비록 길은 비틀어져 있어도 500년은 간다는 삼봉(三峰)의 논리를 믿는다 말씀입니다."

한양 천도가 현안이 되어 개성이 술렁일 때 당대의 석학들이 새로운 수도 후보지를 놓고 격론을 벌였다. 태종의 특급 참모 하륜은 경제 논리를 앞세워 조운(漕運)과 해운 입지가 좋은 무악을 주장했다. 양화진에 항구를 개설하고 연희동에 왕궁을 건설하면 금상첨화라는 것이다.

무학대사는 자신이 천거한 계룡산이 철회되자 인왕 주산론을 펴며 정도전의 백악 주산론은 유효기간 200년짜리 단견이라 반박했다. 임금이 동면(東面)하여 왜놈들로부터 조하를 받는 형국을 취해야 왜세(倭勢)를 잠재울 수 있고 그렇지 않을 경우 200년 후에 일본의 침공이 있을 것이라 예언했다. 개국 200년이 되는 1592년 임진왜란이 발발하자 백성들은 탄복했다.

"신권(臣權)으로 왕실을 호도하려는 음흉한 계략이 숨어 있었던 것 아닌가?"

"때문에 태종께서 왕통을 장자로 돌리려고 방석을 내쳤지만 태종대왕 스스로도 장자 양녕을 폐하고 3자를 선택하지 않았습니까? 그 3자가 누굽니까? 나리의 아버님 세종대왕이지 않습니까? 백악이 비틀어져 있는 이상 왕통이 방계로 흐르는 것은 막을 길이 없습니다."

"으~음."

수양이 괴로운 한숨을 토해냈다.

"그 자리를 접수하고 명나라에 고명 사신을 보내느니 그들이 도성에 머무를 때 이를 처결하여 그들에게 있는 그대로의 현실을 보여주는 것이 차라리 홀가분합니다. 감추고 뭐할 것 없이 홀딱 보여주자는 것입니다. '뭐가 어쨌다'고 변명거리를 찾을 필요도 없고 머리를 굴리고 꼼수를 부릴 이유도 없습니다. 임금이 숙부에게 양위하는 모양새를 취하면 그들이라고 무슨 토를 달겠습니까?"

명나라 사신이 들어와 있는 이때가 바로 절호의 기회다. 명나라 사신이 왕비 책봉 고명을 가지고 요동을 지나 국경에 접근하고 있다는 보고가 들어와 있다. 그들이 압록강을 건너면 곧바로 평양 개성을 거쳐 도성에 입성한다. 그 기회를 노리자는 것이다.

임금의 자리

접수라는 낱말에 이어 양위라는 어휘가 튀어나왔다. 양위(讓位). 이
거 무서운 말이다. 살아 있는 왕을 두고 이 말을 입 밖에 내었다가는
목이 열 개라도 부족한 대역의 언어다. 비록 왕 자신이 이런 말을 끄
집어내어도, 시험에 들게 하려는 말이건 진심이건 '절대 안 되는 말'
이라고 주청해야 하는 말이다. 태종이 세종에게 양위하려 할 때 '거
두어달라'고 주청하지 않은 신하들이 귀양 가고 벌을 받은 소동이
있었잖은가.

모두가 하나같이 얼어붙었다. 살아 있는 왕을 뒤로 물리고 새로운
사람이 왕위에 오르자니 이것은 좋게 말하면 계책이고 나쁘게 말하
면 역적모의다. 역적모의는 본인은 물론 삼족이 멸한다. 그 현장에
있으니 모두 숨소리마저 잦아들었다.

"역시 한방입니다. 사신이 이곳에 있을 때 일을 처결하는 것. 신의 한 수 입니다. 이것은 호랑이 잡으러 호랑이 굴에 뛰어든 것이 아니라 호랑이를 들판에 끌어내 단칼에 멱을 따는 통쾌한 장면입니다. 대찬성입니다."

권람이 적극 지지하고 나섰다.

"양위라 했나?"

수양의 시선이 한명회에게 꽂혔다.

"그렇습니다."
"아직 때가 아니네."
"역사를 배우는 것은 소인배고 역사에서 배우는 사람은 대인배입니다. 나리는 역사를 만들어가야 할 혁명가입니다. 지금 이때를 놓치면 이보다 더 좋은 때는 다시 오지 않습니다."
"으음!"

수양이 괴로운 신음을 토해냈다. 이 소리를 문밖에서 엿듣고 있는 여인이 있었다.

세작도 아니고 첩자도 아니오니 용서하소서

임금의 정실부인이 아들을 낳으면 대군(大君), 후궁의 몸에서 태어나면 군(君)이라 칭한다. 딸도 이에 준한다. 정실이 낳으면 공주(公主), 후궁 몸에서 태어나면 옹주(翁主)라 부른다. 특별한 경우를 제외하고 이들이 출가하기 전까지는 궁에서 살지만 혼례를 올리면 동궁에 별도의 공간을 마련한 세자이외는 궐 밖으로 나가야 한다.

수양대군이 윤번의 딸을 부인으로 맞아 혼례를 올리자 세종이 하사한 집이 명례궁이다. 집터에 왕기가 서려 세자에게 위해가 된다고 직언하는 신하가 있었지만 풍수지리설을 그다지 탐탁지 않게 생각하는 세종은 이를 개의치 않았다.

"사신이 곧 압록강에 당도한다 하오니 누구를 보내면 좋겠습니까?"

신숙주가 수양에게 여쭈었다. 도승지 신숙주가 임금에게 하문을 청하는 것이 아니라 수양에게 한 것이다. 그것도 궁궐이 아니라 수양의 사저 명례궁이다.

"예조 참의 성삼문을 의주에 보내 사신을 선위 하도록 하라."

성삼문은 목에 가시다. 사사건건 이의를 제기하고 까칠하게 구는 성삼문을 도성에 두지 않겠다는 포석이다.

가노(家奴) 점복이가 사랑채 앞에 머리를 조아렸다.

"대감마님! 군부인 마님께서 뵙기를 청합니다."
"지금 삼책(三策)과 이야기를 나누고 있으니 잠시 후에 부르겠다고 전하라."

수양은 신숙주, 권람, 한명회를 삼책사(三策士)라 여기며 자랑스러워했다. 세 명 중 두 사람과 같이 있을 때에는 이책(二策), 단둘이 있을 때는 한책(一策)이라 농(弄)했다.

안평은 이현로, 김종서는 김승규 한 사람뿐이었으나 자신은 조선 팔도에서 내노라하는 세 사람을 거느리고 있으니 와룡을 얻은 유비가 부럽지 않다고 생각했다.

"모두 계실 때 뵙기를 원한다 하옵니다."
"이런 난감할 데가 있나?"

짜증스러운 혼잣말에 이어 수양의 목소리가 마당으로 튀어나왔다.

"들라 이르라."

군부인이 방안으로 들어섰다. 조신한 걸음걸이다. 신숙주, 권람,

한명회가 놀란 눈으로 군부인을 쳐다보았다. 치맛자락을 잡고 자분자분 걷는 모습에 욕망이 묻어났다.

"나랏일을 논하는 자리에 아녀자가 끼어드는 것은 도리가 아니오나 아버님께 용서를 빌 일이 있어 이렇게 불쑥 찾아뵈었으니 용서하십시오."

3인방에게 가볍게 목례를 한 군부인이 수양대군에게 절을 올렸다. 곱다. 과연 미녀 집안의 후예답게 절하는 뒤태마저 아름답다.

"그래, 용서라는 것이 무엇이냐?"

수양이 수염을 쓰다듬으며 군부인을 내려다보았다.

"어제 아버님께서 여기 계신 분들과 나누는 이야기를 엿들었습니다. 용서해 주소서."

모두가 서로의 얼굴을 바라보며 놀라움을 감추지 못했다.

"이런 고얀 일이 있는가?"

불쾌한 표정이다. 군부인이 다시 일어나 절을 올리려고 손을 이마에 갖다 대었다.

"새아기가 왜 이러냐? 그냥 앉거라."

사대부 집안에 없는 법도다. 허나 군부인은 다시 절을 올렸다.

"저는 아버님의 며느리이고 아버님의 손자 정(婷)의 어미입니다. 세작이 아니오니 너그럽게 용서하소서."

팽팽한 긴장 속에 웃음이 나올 것 같은 아슬함이 3인방을 흔들었다. 그렇다고 채신없이 웃을 수도 없다.

"누가 널 첩자라 했느냐? 그래, 하고 싶은 얘기는 무엇이냐?"
"아낙은 아낙다워야 한다는 불문율이 지배하는 세상에서 아녀자가 외람된 말씀을 드리면 아버님께서는 십분 이해해 주시겠지만 다른 분들은 저어될까 봐 염려되오니 좌우를 물리쳐 주십시오."

당돌하다. 어제 얘기한 것을 엿들었다는 것까지만 공개하고 수양의 3인방을 내쫓아 달란다. 신숙주, 권람, 한명회가 자리를 털고 일어섰다. 나가는 한명회와 군부인의 시선이 마주쳤다. 차갑지 않는 눈길이다.

"그래, 얘기를 들어보자."

멍석을 펴놨으니 마음대로 이야기 해보란 듯이 마음을 풀었다.

"아버님! 저에게 소원이 있습니다."
"소원?"
"네, 아버님!"

군부인이 무릎걸음으로 수양에게 다가갔다.

"애야! 이러지 말고 거기 앉아서 얘기 하거라."

수양이 화들짝 놀랐다. 아무리 시아버지와 며느리 사이라지만 남녀 사이다. 더구나 며느리는 열여덟 살. 수양대군 서른여덟이다. 충분히 사고가 날 수 있는 나이다.

당시 시아버지와 며느리 사이에는 말도 많고 탈도 많았다. 쌍것들은 물론 사대부집에서도 며느리와 시아버지 사이에 간통사건이 비일비재했으며 분노한 아들이 아내를 죽이는 살인사건이 빈번했다.

사고의 첫째 조건은 시아버지가 며느리를 불러들인다는 것이다. 흑심을 품은 시아비는 아내도 없고 아들도 없는 호젓한 시간에 며느리를 불러들였다. 엄격한 가부장제에서 시아버지는 권력이고 갑(甲)이다. 거부할 수 없는 갑의 부름에 마지못해 불려 들어간 며느리는 시아버지의 느끼한 시선에 쫄아 들고 을(乙)이 된다. 부도덕한 시아비가 못된 짓을 저지르는 공식이다. 허나, 오늘은 다르다. 며느리가 먼서 시아비 방을 찾아들어갔으니 며느리가 갑(甲)이나.

"아이, 아버님두."
"문을 열어 놓아라."

사랑방 문을 열어 놓으라는 것이다. 군부인이 일어나 방문을 열어 놓았다. 찬바람이 파고들었다.

"말해 보거라."

"하나가 아니라 두 개입니다."

"둘씩이나 된단 말이냐?"

"네, 아버님. 원래는 세 개였는데 두 개는 아버님이 도와주시면 꼭 이룰 수 있는 소원입니다."

말을 마친 군부인이 수양에게 다가갔다.

흐르는 물길을 막으면 다른 둑이 터진다

일월오봉도(日月五峰圖)가 있는 어좌

사대부가에서 없는 법도를 행하는 군부인이 미천한 집에서 시집온 것도 아니다. 그의 아버지는 현직 우의정 한확이다. 태종, 세종, 문종 3대 조신이며 중국과도 통하는 명문세도가다.

"우선 들어 보자."

수양이 며느리를 멀리하며 재촉했다.

"제가 낳은 아버님의 손자를 용상에 올리고 싶습니다."
"뭐라고?"
"임금입니다."

수양은 귀를 의심했다.

"왕이라 했느냐?"
"네, 아버님."
"이거 큰일 날 소리구나. 밖에 누가 들을까봐 걱정이구나."
"그래서 아버님 방에 들어오면서 하인들에게 이 근처는 얼씬거리지 말라 당부하고 들어왔습니다."
"또 하나는 무엇이냐?"
"도원군을 어좌에 올리고 싶습니다."

수양이 벌린 입을 다물지 못했다. 도원군이 누구인가? 자신의 아들이며 마주 앉아 있는 며느리의 지아비가 아닌가? 결국 자신의 남편을 왕을 만들고 자신의 아들을 임금을 만들겠다는 것이다.

"하늘이 두렵구나."
"순리입니다. 흐르는 물길을 막으면 다른 둑이 터집니다. 그 둑이 터지면 감당할 수 없는 물 폭탄이 되어 임금도 쓸어버리고 왕실도 쓸어버릴 것입니다."
"그래도 지킬 건 지켜야 한다."

"아버님께서는 조카를 지키면 왕실을 지킬 수 있다고 생각하시지만 어림없는 말씀입니다."

"말이 지나치구나."

"허약한 왕권은 허수아비에 불과합니다. 그 허수아비는 제 목숨도 부지하지 못하면서 왕실을 피바다로 만들 것입니다."

"피바다라 했느냐?"

"네 아버님!"

"걱정이 과하구나."

"아닙니다. 아버님! 시기를 놓치면 도원군도 죽고 이제 한 살밖에 안 된 저의 아기도 죽습니다. 저야 관노로 끌려가 목숨을 부지하겠지만 저의 아기가 죽는 것은 싫습니다. 제 아기를 살리고 싶습니다."

군부인의 목소리는 가늘게 떨리고 있었다. 수양이 고개를 들어 허공을 바라보았다. 거기에는 검붉은 파도가 넘실거리고 있었다.

"어젯밤 '이제는 솔직해져야 한다.'는 한승지의 말에 절대적으로 공감합니다."

"얘기를 모두 들었구나?"

"제나라 선왕이 물었습니다. '신하였던 탕왕이 걸왕을 몰아냈다고 하는데 임금을 죽여도 괜찮습니까?' 그는 이렇게 대답했습니다. '인(仁)을 해치는 자를 적(賊)이라 하고 의(義)를 해치는 자를 잔(殘)이라 한다. 이렇게 잔적(殘賊)을 일삼는 사람은 일개 소인배에 불과 하다. 탕왕이 일개 소인배를 죽였다는 소리는 들었어도 임금을 죽였다는 소리는 듣지 못했습니다.'라고요."

"맹자를 읽었구나?"

"네, 아버님!"

당시 아녀자들은 글을 모르는 것을 부끄럽게 생각하지 않았다. 여기에서 말하는 글은 훈민정음이 반포된 지 10년이 안되었으니 당연 한글이 아니라 한자(漢字)다. 왕실에서도 종부시 산하에 종학당을 마련하고 왕족 소년들을 가르쳤으나 소녀들은 교육시키지 않았다. 여자들이 글을 모르는 것을 당연하게 생각했다.

군부인의 친정아버지 한확은 달랐다. 여자도 글을 깨우쳐야 한다고 생각했다. 어려서 한자를 익힌 군부인은 범어(梵語)도 통달했다. 이러한 자산이 자양분이 되어 훗날 범어와 한자, 한글로 쓴 불경을 남겼으며 아녀자의 교육지침서 여훈(女訓)을 간행하게 된 밑거름이 되었다.

"덕(德)을 근간으로 한 왕도정치가 군주가 추구해야 할 최상의 가치이며 힘을 바탕으로 한 패도정치는 열등한 하책이며 경멸의 대상이라고 설파한 맹자님도 '군주가 군주다운 행동을 하지 못했을 때는 갈아치울 수 있다.'고 말했습니다."
"으음!"
"황표정사에 휘둘리는 임금. 국록을 먹는 승지들이 아버님 사랑방에 몰려와 국정을 논한답시고 굽실거리는 이 어처구니없는 현실. 아버님께서는 어제 세분 승지가 우리 집을 방문한 것을 흐뭇하게 생각하실는지 몰라도 저는 아니라고 생각합니다. 승지가 뭐하는 사람들입니까? 궐에서 임금을 보좌해야 하는 관료들이잖습니까? 도승지를 비롯한 좌우승지가 모두 우리 집에 와있으니 누가 임금을 보필한단 말입니까? 나라가 망할 징조입니다."

"으~음!"

수양이 괴로운 신음을 토해냈다. 신숙주, 권람, 한명회 이들 세 사람의 내방(來訪)을 그저 자신에 대한 충성으로만 여겼는데 군부인의 눈에 비친 그들은 그게 아니었다. 생각하지 못했던 며느리의 지적에 뼈아팠고 그렇게 넓고 깊게 보는 며느리의 시야에 감탄하지 않을 수 없었다.

"저는 있어서는 아니 될 이러한 일들이 벌어지는 것은 임금이 허약하기 때문이라고 생각합니다. 다시 말하면 임금이 원인을 제공한 것입니다. 이러한 군주를 모시고 살아야 하는 백성들은 힘들고 신하들은 핏빛 두려움에서 헤어날 길이 없습니다."

"임금에게 책임이 있다고?"

"아버님께서 하늘을 속이고 한명회를 속일 수 있어도 저는 속이지 못하실 것입니다. '아버님 눈에는 내가 어좌에 올라가야 한다.'라고 쓰여 있습니다. 임금은 임금답고 아비는 아비다워야 하는 정명(正名)의 세계에서 우두머리는 우두머리다워야 하지 않습니까? 왜 자신을 속이십니까? 왜 이렇게 미루십니까? 때가 아니라는 아버님 말씀. 답답해서 제 가슴이 터질 것 같습니다. 때가 어디 있습니까? 기다린다고 때가 오는 것 입니까? 때는 만들면 그것이 바로 때입니다."

이 담대한 여인이 한 시대를 풍미했던 인수대비다. 그녀는 그의 남편 도원군이 세자에 올랐으나 왕위에 오르지 못하고 요절하자 눈물을 머금고 궁에서 나왔다. 이 때 세조가 하사한 집이 명례궁이다.

그녀는 명례궁에서 월산군과 잘산군을 데리고 홀로 살면서 칼을
갈았다. 자신의 지아비가 오를 임금의 자리에 시동생이 앉아 있고
자신이 올라야 할 왕비의 자리에 동서가 앉아 있는 이 엄혹한 현실
을 곱씹으며 때를 기다린 것이다.

　수양에 이어 왕위에 오른 예종이 제위 13개월 만에 세상을 떠나자
그녀에게 기회가 왔다. 예종의 뒤를 이을 차기 후보는 당연 제안대
군이었다. 그는 예종과 안순왕후 사이에서 태어난 적장자였기 때문
이다. 허나, 물길은 다른 곳으로 흘렀다.

　예종이 세자 시절 한명회의 셋째 딸과 가례를 올렸고 그녀가 인성
대군을 낳았을 때 제일 기뻐한 사람은 한명회였다. 과거에 급제하지
도 못하고 궁지기로 떠돌던 자신이 임금의 할아버지가 된다는 현실
이 꿈만 같았다. 허나, 기쁨도 잠시. 한명회의 딸이 산후통으로 죽고
인성대군이 3살 되던 해에 죽어버렸다.

　민심은 환호했다. ‘잘 뒈졌다.’ ‘시원하다.’ ‘통쾌하다.’고 박수를
쳤다. 하늘이 진노하여 수양의 큰 아들을 잡아갔고 왕비를 노리는
한명회의 딸을 데려갔다는 것이다. 세상의 손가락질이 한명회에게
쏠렸다. 사람을 많이 죽인 업보라는 것이다. 한명회의 꿈도 사라진
듯하였지만 한강에 압구정을 지어놓고 시름을 달래던 그에게 실오
라기 같은 희망은 살아있었다. 또 하나의 외손자였다.

압구정(겸재/정선) 간송미술관 소장

　자신의 딸을 수양의 아들과 혼인시킨 한명회는 그래도 미덥지 않았다. 해양대군이 병약했기 때문이다. 왕실에 대한 집착이 강한 한명회는 인수대비의 둘째 아들과 자신의 넷째 딸을 혼인시켰다. 따라서 인수대비와 한명회는 사돈관계다.

　인수대비에게는 아들이 둘 있다. 월산군과 자산군이다. 월산군은 처족이 미약하고 자산군의 징인 한명회는 믹킹 실세 영의징이다. 배경 없는 군주는 식물 임금이라는 것을 뼈저리게 느낀 인수대비다.

　한명회가 끌고 인수대비가 밀었다. 서로의 필요에 의해서 정치력을 보인 것이다. 임금 후보 3순위에 머물러 있던 자을산군이 제안대군과 월산대군을 제치고 왕위에 올랐다. 그가 성종이다. 집착이 강한 한명회와 집념의 철녀 인수대비가 만들어낸 합작품이다.

"또 하나는 뭐냐?"

"그것까지 들어주실 겁니까? 아버님!"

또 다시 군부인이 무릎걸음으로 다가갔다.

"일단 얘기나 들어보자."

"말씀드리지 않으려고 했는데 말씀드릴께 꼭 들어주세요. 어머님에게 아이가 있는 상황에서 제가 지난해 큰 아이를 낳았지 않았습니까? 저를 바라보는 어머님의 시선이 따사롭지 않고 아이를 바라보는 눈도 곱지 않은 것 같습니다. 제 아이가 어머님의 손자인데….”

눈물을 보이던 군부인이 말을 이어갔다.

"어머님께서 저와 아기를 미워하나 봅니다. 아버님이 좀 말려 주세요."

그랬다. 수양대군의 둘째 아들 해양대군이 이제 다섯 살. 며느리가 낳은 손자가 한 살. 여자들만이 느낄 수 있는 동물적인 감각이 작동한 것이다.

명나라 황제의 여인이 된 고모를 닮아 예쁘지. 자신은 글을 모르는 까막눈이지만 며느리는 글을 깨우쳐 똑똑하지, 거기에다 자신이 낳은 아들 보다 더 잘생긴 달덩이 같은 아들을 낳아놨으니 시새움이 작용할 수밖에 없었다.

"그렇다고 손자를 미워하겠느냐?"

"아닙니다. 저는 여실히 느끼고 있습니다. 어머님을 존경하고 있으니 내 아이를 미워하지 말라고 말씀해 주세요."

이 때였다. 부부인이 예고 없이 방문을 밀고 들어왔다.

평양 기생, 도대체 얼마나 뛰어나길래...

수양이 한명회를 불렀다.

"이번 왕비 고명을 가지고 들어오는 사신은 몸이 비대하다지?"
"뚱뚱한 정도가 아니라 걸어가는 건지 굴러가는 건지 모를 정도랍
니다."
"4인교 가지고는 안 되겠군."
"8인교는 준비해야 될 것 같습니다."
"먹는 것도 좋아하겠군. 팔도의 진미를 모아야 하지 않나?"
"여자를 밝힌답니다."
"여자를?"
"주제에 날씬한 여자를 좋아한답니다."

수양은 어이가 없었다. 양물도 없고 고환도 없는 환관이 여자를 좋
아한다는 것이 이해가 되지 않았다.

"거세된 환관이 어떻게 여자를?"
"거시기가 없으니까 희롱하는 것으로 대리만족을 취하나 봅니다."

팔도의 기생 소집령이 떨어졌다. 젊고 예쁘고 나긋나긋한 기생 중
한수(漢水) 이남 기생은 한양으로, 경기 강원 기생은 개성으로, 평안

도와 함경도 기생은 평양으로 모이라는 것이다. 특히 허리가 가늘고 날씬한 세요(細腰) 기생을 빠트리면 그 고을 수령은 엄히 문책할 것이라는 경고도 뒤따랐다.

관기는 수령의 통제와 관리를 받는다. 공공재나 다름없다. 수청 들라 하면 들어야 하고 거절하면 핍박이 뒤따른다. 심하면 칼을 쓰고 옥에 갇혀야 한다. 일편단심 춘단이라면 모를까 거역하기가 어렵다. 애첩으로 끼고 있는 기생을 내보내자니 옆구리가 허전하고 조정의 명령을 묵살하자니 후환이 두려웠다.

도백과 수령 발등에 불이 떨어졌다. 임지를 따라 이동해야 하는 지방관들은 한양에 본처가 있고 부임지 고을에 현지처가 있는 것이 공개된 비밀이었다. 대놓고 첩을 들여놓기가 뭐한 수령은 기생을 끼고 살았다.

소집령에 환호하는 사람도 있었다. 남편을 지방관으로 내보낸 경처(京妻)들이다. 기생을 끼고 사는 것을 뻔히 알고 있지만 입을 뻥긋할 수 없다. 속앓이를 하다가 한마디라도 던지면 투기라고 몰아세운다. 겁먹고 납죽 엎드리면 그냥 넘이가지민 눈이라도 치뜨면 칠지지악이라는 전가의 보도를 꺼내며 윽박지른다.

이참에 눈엣가시를 걷어 낼 수 있다. 지가 아무리 좋아한다 해도 '뙤놈'들이 걸친 여자를 다시 받아들이지 않을 것이라는 기대가 작용했다. 이러한 상승기류에 찬물을 끼얹는 사람이 있다. '사신은 환관이지 않으냐?'고. 하지만 따라오는 사람이 30명이 넘는다. 그들이

1개월가량 조선에 머문다. 잘하면 2~3개월 넘기지 말란 법도 없다. 흐미! 입이 째질 수밖에 없다.

수양이 다시 한명회를 불렀다.

"성삼문은 지금 어디 있는가?"
"의주에 있습니다."
"준비는 착오 없이 진행되고 있겠지?"
"네."
"그럼 곧바로 떠나라."

중국에게 여진족은 두통거리다. 그냥 두자니 만리장성을 유린하려들고 밀어부치자니 그들의 기동력이 부담스럽다. 이이제이(以夷制夷)라 했던가? 동이를 이용하여 그들을 제어하고 있지만 그래도 화근이다. 당근과 채찍을 병행하며 회유해 보지만 거칠고 사납다. 기름진 압록강변에서 호시탐탐 북경을 엿보던 여진족을 김종서가 '육진개척'이라는 이름으로 두만강변 황무지에 묶어놓았으니 고마운 존재다.

김종서는 명나라에서도 인정하는 장수다. 그러한 장수를 죽였으니 북경의 눈치를 안 볼 수 없다. 찍히면 피곤하다. 추진 중에 있는 비장의 계책이 물거품이 될 수도 있다.

왕도가 없다. 무조건 잘해주어 점수를 따는 수밖에 없다. 지금 들어오는 사신이 누구인가? 지근거리에서 황제를 모시는 환관이 아닌

가. 이렇게 좋은 기회도 없다.

수양의 밀명을 받은 한명회가 한양을 떠났다. 혜음령을 넘은 한명회가 임진강을 건너고 개성을 거쳐 해주 감영에 들어갔다. 기향(妓鄉)의 고장 송도를 지나면서도 술 한잔하지 않았다.

"지금 봉명사신이 들어오고 있다. 그와 함께 오는 내사(內史) 정통이 신천 출신이다. 하여, 다음과 같이 명한다."

우부승지 한명회의 입을 빌렸으나 임금의 명으로 하달된 유시(諭示)다. 황해도 관찰사가 무릎을 꿇었다.

"첫째, 그의 옛집이 그대로 있는지 살펴보아 수리할 것이 있으면 즉각 수리하고 부득이 새로 지어야 할 것 같으면 즉시 착공하고 사후 보고 하라. 둘째, 부모의 무덤을 살펴서 아뢰어라. 셋째, 그의 족친을 초치하여 사신 맞을 준비를 하도록 하고 만약 사신이 만나보고자 하거든 감영에서 상봉하게 하고 과실과 술을 준비하여 대접하라."
"명 받들겠습니다."

해주를 떠나 평양에 들어간 한명회가 평안도 관찰사에게 유시했다.

"사신 고보의 어미가 증산에 살고 있으니 쌀 10석, 콩 5석, 장 1옹(甕), 소금 2석을 갖다 주도록 하라."

"즉각 시행하도록 하겠습니다."

"그리고….."

말끝을 흐린 한명회가 관찰사의 귀를 빌렸다.

"제 몸은 뚱뚱하면서 허리가 능수버들처럼 하늘거리는 날씬한 여자를 좋아한다 하오. 준비는 차질 없겠지요?"

"여부가 있겠습니까."

"암튼 여기서 단단히 주물러서 보내야 하오."

"피양 기생이 공연한 허불명전이 아닙니다. 히 히 히."

평양 감사가 허허로운 웃음을 날렸다.

"감사께서 실수하셨습니다. 허불명전이 아니라 명불허전(名不虛傳)입니다."

"하, 하, 하. 이놈의 입이 주가 책이 되어 말이 헛나갔습니다. 허리를 분질러 올려 보낼 테니 책임지라는 소리는 마십쇼."

"색향본색(色鄕本色)을 보여주시오."

느끼한 관찰사의 웃음을 뒤로 한명회는 북행길을 재촉했다. 대령강을 건너 의주에 들어간 한명회는 은밀한 곳에 숙소를 마련하고 의주 목사를 불렀다.

"성삼문은 어디 있소?"

"의주관에서 대기하고 있습니다."

"사신은 언제 온다 하오?"

"강 건너에서 내일 배를 탄다 하옵니다."

"알겠소. 내가 여기와 있다는 사실을 발설하지 마시오."

"알겠습니다."

대동강 뱃놀이 단원 김홍도가 그린 <평양감사 향연도> 중 <월야선유도> 부분도.
중국 사신을 위한 뱃놀이는 이보다 더 성대했다고 전해진다. 국립중앙박물관 소장

중국 사신 흠차소감(欽差少監) 고보가 내사(內史) 징통과 두목(頭目) 15인을 거느리고 의주에 도착했다. 원접사와 의주 목사 그리고 한양에서 파견된 선위사가 성대하게 환영했다. 두목은 무역을 목적으로 따라온 사람이지만 사신 일행과 같이 들어오기 때문에 사신에 준하는 예우를 했다.

의주에 첫발을 내디딘 고보는 만감이 교차했다. 죽기 전에 다시 한

번 밟아볼 수 있을까? 가슴에 살아있는 조국 땅이지만 그에겐 낯선 땅이었다. 일곱 살 어린 나이에 중국으로 끌려가던 소년. 그에겐 조국이 원망의 대상이었다.

어린 아이 하나 보호해주지 못하고 허약하기 짝이 없는 조국. 동녀(童女)를 보내라. 동남(童男)을 보내라는 중국의 호통에 아뭇소리 못하고 보내야 하는 조국. 귀엽게 생겼다는 것이 죄가 되어 뽑힌 자신. 그에게 조국은 고마운 나라가 아니라 미운 나라, 보복 하고 싶은 대상이었다. 북경에 도착하여 아직 자라지도 않은 음경이 잘리고 고환이 발라지는 고통을 당하면서 그는 칼을 갈았다.

"어린 몸 하나 보호해 주지 못한 조국, 제나라 백성을 내팽개친 조선. 가난하고 별 볼 일 없는 집안의 자식이라고 찍어 낸 호방(戶房). 언젠가 조국에 나가면 복수하고 말리라."

소년은 성장해서 명나라 황실의 환관이 되었고 이번에 흠차소감이 되어 조국 땅을 밟은 것이다.

성삼문의 위무를 받은 요동 도사는 중국으로 돌아갔다. 성삼문의 역할을 여기까지다. 북경에서 중국 사신이 출발하면 북경관구 군사가 심양까지 호송했다. 심양에서 요동까지는 심양관구 군사가 담당하고 요동에서 압록강까지는 요동 도사가 호위했다. 남행하는 사신 호위와 접대는 영접사 몫이다.

부어라, 마셔라, 안겨라. 물량 공세가 이어졌다. 사신이 입국하면 보통 의주관에서 하룻밤을 묵고 남행하는 것이 관례였으나 사흘을 묵었다. 청천강을 건너 평양에 들어간 사신 일행에게 또 다시 선물 공세가 퍼부어졌다. 대동강에 배를 띄워라. 을밀대에 잔치를 벌여라. 여자를 떼로 붙여라. 그야말로 '색향(色鄉)이 바로 이런 것이다'를 보여주었다.

개성도 그냥 보내주지 않았다. 박연폭포 앞에 차일을 친 개성 유수는 여자는 물론 시인 묵객을 동원하여 사신의 발길을 잡았다. 잔치상 앞에서 난(蘭)이 쳐지고 일필휘지(一筆揮之)가 춤을 추었다.

"백구야 펄펄 나지 마라, 너 잡을 내 아니로다. 성상이 바라시니 너를 쫓아 예 왔노라."

도드리 장단이 멋스러운 백구사(白鷗詞)가 이어졌다. 정가(正歌)다. 이어 내리 꽂는 폭포수 소리와 함께 상사별곡(相思別曲)이 흘렀다. 이어졌다 끊어지고 끊어질 듯 이어지는 애잔함에 사신들은 넋을 잃었고 정신 줄을 놓았다. 조선에 이렇게 품격 높은 문화가 있다는 것에 탄복했다. 이어 권주가가 귀에 감기자 덩실덩실 춤을 추었다.

드디어 사신 일행이 홍제원을 지나 모화관에 도착했다. 여느 때 같으면 의주를 출발한 사신이 한양에 입성하는데 열흘 걸렸지만 이번에는 열아흐레가 걸렸다. 사신이 한명회의 의도대로 따라 주었고 조국을 미워하는 마음도 조금은 누그러졌다.

"물이 좋아서 그런가 보오..." 의미심장한 웃음소리

모화관, 호암미술관 소장

한양 천도를 단행한 태종이 돈의문 밖에 중국 사신을 위한 숙소를 짓고 모화루(慕華樓)라 명명했다. 중국 사신들의 비위를 맞추기 위하여 장대석으로 영은문도 세우고 연못도 팠다. 원나라 사신들이 묵던 송도 영빈관을 모방한 것이다. 세종 12년. 이곳에 묵은 중국 사신의 '우리가 상인도 아닌데 루(樓)가 뭐냐?'는 핀잔 한 마디에 모화관(慕華館)으로 문패를 갈아 달았다.

모화관에서 조칙(詔勅)이 거행되었다.

"황제는 조선 국왕 이홍위에게 칙유(勅諭)하노라. 이제 너의 처 송씨를 왕비로 삼는다."

이래서 중국 사신을 칙사(勅使)라 한다. 칙서를 가져온 사람은 중요하지 않다. 그것이 비록 조선에서 천대받던 천민 출신이 출세하여 사신이 되어 돌아왔다 하더라도 북경에 있는 황제가 지금 이 자리에 있는 것으로 간주하고 정과 성과 예를 갖추어야 한다.

조선은 정기적으로 중국에 사신을 파견했다. 정월 초하루 황제에게 세배하러가는 하정사(賀正使). 황제와 황후 생일 축하 성절사(聖節使). 황태자 생일을 축하하기 위하여 가는 천추사(天秋使). 동지에 가는 동지사(冬至使)를 포함해 1년 4사(使)다. 훗날 중국이 번거롭다 하여 하정사와 동지사는 합병했다. 이밖에 사은사(謝恩使). 진하사(進賀使). 고명사(誥命使), 주청사(奏請使). 등등 구실도 많고 이름도 많았다.

조선이 사신을 보낼 때는 왕실의 대군이나 부마, 조정의 정승이나 판서급이 정사(正使)를 맡는 것이 관례였다. 헌데 중국은 그에 상응하는 지위에 있는 인물을 보내지 않았다. 격이 다르다는 것이다. '우리는 황세국이고 너희는 제후국'이라는 오만함이 깔려 있었다.

중국이 조선에 사신을 파견할 때는 조선에서 공물로 바친 환관급에서 보냈다. 외교 현안이 있을 때는 조선이 헌신짝처럼 버린 사람 중에서 골라 보냈다. 조선 길들이기다. 조선 임금을 비롯한 실력자들에게 열패감과 굴욕감을 주어 황실을 우러러보게 하기 위함이다. 힘의 논리를 앞세운 중국의 외교 전략이다.

근정전(경복궁)

   경복궁으로 이동하여 근정전에서 왕비 고명(誥命) 의식이 거행되었다. 왕비가 사신 앞에 무릎을 꿇었다.

   "봉천승운 황제는 이르노라. 그대 송씨는 조선 국왕 이홍위의 아내로서 서로 도와 욕됨이 없도록 하라. 그대의 지아비가 이미 왕작을 이어받았으니 그대를 조선국 왕비로 삼는다. 그대는 더욱더 부도(婦道)를 좇아 번가(藩家)를 돕도록 하라."

   고명 의식을 마친 사신을 수양이 자신의 사저 명례궁으로 초청했다.

   "소신 수양, 만리 먼 길 마다치 않고 비좁은 누항(陋巷)까지 찾아주신 칙사의 후의에 감읍할 뿐입니다. 황제의 성덕이 누추한 우거까지 미치니 진실로 가문의 영광이요 평생의 감복 이옵니다."

수양이 정중하게 절을 올렸다.

"수양군은 공로가 있기 때문에 국정을 맡겼습니다. 대인께서 내 뜻을 알아주면 기쁘기 한량 없겠습니다."

도승지 신숙주가 임금이 내린 술(宣醞)을 사신에게 바쳤다.

"우리들이 이곳에 와서 수양군의 충성을 보니 진실로 거짓이 아니라는 것을 알았습니다. 전하께서 위임하심은 마땅합니다."

사신 고보가 화답했다.

"몸 둘 바를 모르겠습니다."

수양이 몸을 낮추었다.

"수양군의 공은 천하가 아는 바이며 황제도 다 아시고 계십니다."
"황은이 망극하옵니다."

수양대군이 머리를 조아렸다.

"수양군이 북경에 왔을 때 급하게 돌아가는 것을 보고 의아하게 생각하였으나 김종서가 모반하여 변(變)이 생길까 급히 돌아가 난(亂)

을 평정하였다는 소식을 듣고 안심하였습니다. 전후 사실을 조정에서 다 알고 있습니다."

"황제 폐하의 덕이 크시고 우리 전하께서 복이 많으셔서 난신들이 주륙된 것뿐입니다. 내가 무슨 공이 있겠습니까?"

"수양군이 아니시면 어떻게 평정하였겠습니까? 전하께서 수양군의 공로라 하신 말씀을 황제 폐하께 반드시 전하겠습니다."

공식적인 수인사가 끝나고 잔치가 벌어졌다. 풍악이 울리고 무희들의 춤이 어우러졌다. 명례궁의 밤은 그렇게 깊어 갔다.

"수양군! 청이 있소이다."
"무슨 청이십니까? 하명을 내려주십시오."

수양이 정통 앞에 무릎을 꿇었다. 조선의 실세가 일개 환관 출신 사신 앞에 무릎을 꿇은 것이다. 상대가 누구인지는 중요하지 않다. 그가 조선에서 끌려간 천민이라도 의미가 없다. 그는 현재 황제를 대신하여 조선에 왔다. 황제와 같은 예를 갖추어야 한다.

"소분하고 싶소."

정통이 고향에 있는 조상의 묘소를 찾아보고 싶다는 것이다. 선비가 과거에 급제하거나 관리가 승차하여 영전했을 때 조상의 묘를 찾아가 인사하는 것을 소분(掃墳)이라 한다. 금의환향(錦衣還鄕)기분을 내보고 싶다는 것이다.

"즉시 행차를 준비하도록 하겠습니다."

이튿날. 임금이 직접 정통을 경회루에 초치하여 '잘 다녀오시라'고 다례를 베풀었다. 떠나는 정통을 수양과 예조판서 김조가 홍제원까지 배행하여 전송했다. 관반(館伴) 권준과 별통사(別通事) 전사립이 정통 소분길을 수행했다.

개성에 도착한 정통이 쓰러졌다. 과음 과식에 과로가 겹쳐 병이 난 것이다. 과로가 무엇인지 남들은 모른다. 그가 알고 수청 든 기생만 알 뿐이다. 깜짝 놀란 수양이 판승문원사 송처관과 통사 김자안 그리고 의원 김길호를 개성으로 급파했다.

어의의 극진한 구료를 받은 정통이 몸을 추스려 황해도 신천 조상의 묘를 참배하고 한양으로 돌아왔다. 우부승지 구치관과 예조판서 김조가 홍제원까지 나아가 그를 영접했다. 뒤이어 태평관에서 연회가 베풀어졌다. 잔치가 한창 무르익을 무렵 정통이 수양을 불렀다.

"조선의 금강산이 천하제일이라 들었소."
"동국의 명산입니다."
"계절마다 이름이 다르다면서요?"
"봄엔 봉래산, 여름에는 금강산, 가을엔 풍악산, 겨울에는 개골산이라 부릅니다. 사계사색(四季四色)이 빼어난 산입지요."
"가보고 싶지만 일정이 여의치 않아 안타깝기 그지없소."
"어지간하면 가보시도록 하시지요."

수양이 다시 한 번 허리를 굽혔다.

"이 몸을 가지고 어떻게 다녀온단 말이요."
"어의를 붙여드리겠습니다."
"북경을 떠나올 땐 이러하지 않았는데 왜 이렇게 부실하게 되었는지 나도 모르겠소."
"물을 갈아먹어서 그런가 보옵니다."
"그게 아니라 물이 너무 좋아서 그런가보오. 하으, 하으, 하으."

의미를 아는 사람만 알 수 있는 웃음소리가 명례궁에 잔잔히 퍼졌다.

"그냥 돌아가시면 평생 후회하실 것입니다."
"이루지 못할 꿈은 빨리 깨는 게 낫다 하였소."
"애석합니다."
"금강산 그림이나 구했으면 좋겠소."
"그림 가지고 되시겠습니까?"
"그림으로 마음의 위안을 삼으려 하오."
"사계(四季) 중에서 어느 걸로 하면 좋겠습니까?"
"내가 지금 6월에 조선에 있으니 금강이 좋겠지요."
"곧바로 그려 바치겠습니다."

수양이 한명회를 찾았다.

"정통이 금강산 그림을 갖고 싶어 한다. 그릴만한 사람이 누가 있는가?"

"화원 안귀생이 있습니다."

"그 자에게 금강산을 그리도록 하되 최대한 날짜를 끌도록 하라."

"알겠습니다."

한명회는 화원 안귀생을 불러 금강산 그림을 그리도록 했다.

밀려오는 검은 그림자, 죽이기 전에 내려가자

수양대군이 우의정 한확, 좌찬성 이사철, 우찬성 이계린, 좌참찬 강맹경을 이끌고 입궐했다. 빈청에 도착한 수양이 승지를 불렀다.

"판서와 참판들은 들라 이르라."

병조판서 이계전, 이조판서 정창손, 호조판서 이인손, 형조판서 이변, 병조참판 홍달손, 병조참의 양정과 도승지 신숙주, 우승지 권람, 우부승지, 한명회가 속속 도착했다.

"금성대군 이유와 영양위 정종이 역모를 꾸미고 있으니 좌시할 수 없다."

수양이 마지막 칼을 빼 들었다. 김종서를 참살한 수양은 그를 따르는 세력을 분쇄했다. 동생 안평도 제거했다. 이제 남은 것은 금성대군과 영양위다. 그들 세력이 미미하다고 생각하지만 그래도 대권가도에 걸림돌이다. 수양의 지침을 받은 대소신료들이 대전(大殿)으로 몰려갔다.

"혜빈 양씨와 상궁 박씨 그리고 금성대군 이유, 한남군 이어, 영풍군 이전, 동지중추원사 조유례, 호군 성문치가 난역을 도모하고 이에 참여한 일당이 적지 않으니 죄를 물으소서."

사간원이 가세했다.

"금성대군 이유가 혜빈과 결탁하여 그의 양모 의빈으로 하여금 혜
빈궁에 들어가 거처하게 하고 유모를 왕래하게 하여 대전과 내통했
습니다. 최근 군사들과 은밀하게 접촉하고 있는 금성대군이 무슨 흉
계를 꾸미고 있는지 나라의 안위가 걱정입니다. 죄를 밝히소서."

사헌부가 지원에 나섰다.

"금성대군 이유가 의빈의 친척인 박문규의 딸과 안평의 처족인 최
도일의 딸을 왕비로 세우려다 뜻을 이루지 못하자 온갖 계교를 부려
이간질을 일삼았습니다. 부마 정종은 한남군, 영풍군과 함께 금성대
군을 추종하는 것은 세상이 다 아는 사실이며 조유례도 그들의 일당
입니다. 청컨대 조속히 그 죄를 밝혀 왕법을 바로 잡으소서."

힘없는 임금이 의금부에 명했다.

"금성대군을 삭녕으로, 한남군 이어를 금산으로, 영풍군 이전을
예안으로, 영양위 정종을 영월로…."

여기까지 하명한 임금이 더 이상 말을 잇지 못했다. 가슴이 먹먹 해
오고 목구멍에 뜨거운 것이 치밀어 올랐다. 하늘 아래 단 하나 혈육
이 경혜공주다. 그 누이의 지아비가 영양위 정종이다. 친형처럼 따랐

던 매형을 자신의 손으로 귀양 보낸다는 것이 가슴이 미어져 왔다.

부모 없는 어린 임금에겐 누이가 전부였다. 그 누이가 궐에 있을 때에는 그래도 외롭지 않았다. 누이가 정종과 가례를 올리고 발길이 뜸해졌다. 야속했지만 지아비와 행복하게 살기 때문일 것이라 생각하며 자위했다. 허나, 그것이 입궁을 저지하는 세력의 방해 때문이라는 사실을 알게 된 것은 한참 후였다.

"혜빈 양씨를 청풍으로….."

또 다시 임금의 옥음이 끊어졌다. 할아버지 세종의 후궁이지만 엄마처럼 생각하고 살아온 혜빈 양씨다. 태어나자마자 엄마를 잃어 어머니의 얼굴을 알지 못하는 단종은 혜빈 양씨를 엄마로 알고 자랐다. 혜빈 양씨 역시 엄마 없는 단종을 아들처럼 보살폈다. 그런 혜빈을 자신이 귀양 보내야 하다니 하늘이 원망스러웠다.

"상궁 박씨를 청양으로 귀양 보내고 성문치와 이예숭 그리고 신맹지, 신중지, 신근지, 신경지 형제는 고신을 거두어 변방으로 보내 수군에 충군하고 조유례는 고신을 거두어 금옥에 가두어라."

할마마마 혜빈과 마지막 바람막이 금성대군, 형처럼 의지했던 정종을 귀양 보낸 임금은 깊은 슬픔에 빠졌다.

"이러고도 내가 한 나라의 군주인가?"

가슴 깊이 회의가 밀려왔다.

"이 따위 임금 짓은 할아버지 세종대왕을 욕되게 하고 아버지 문종대왕에 누가 되는 것 아니고 무엇인가?"

회의는 자괴감을 불러왔다.

"이 짓을 내가 계속해야 하나?"

자문해 보았다. 명쾌한 답은 돌아오지 않았다. 허나, 보이지 않은 망막에 죽음의 그림자가 너울거렸다.

"그래, 살기 위해서는 내려가야 한다. 죽어서 내려가느니 내 발로 걸어 내려가고 싶다."

꽉 다문 입술이 파르르 떨렸다.

"우의정을 불러오라."

승전색 전균에게 명했다. 사정전에 불려온 한확이 임금 앞에 엎드렸다.

"내가 나이가 어리고 중외의 일을 잘 알지 못하는 탓으로 간사한 무리들이 준동하고 난(亂)을 도모하는 불행이 종식하지 않으니 이제 대임을 영의정에게 전하려 한다."

폭탄선언이다. 보위를 넘기겠다는 것이다. 올 것이 왔다고 생각한 한확은 곧바로 표정 관리에 들어갔다.

"영의정이 중외의 모든 일을 다 총괄하고 있는데 새삼스럽게 무슨 대임을 전한다는 말씀입니까? 거두어 주소서."

"내가 이런 생각을 한 것은 어제 오늘의 일이 아니다. 이미 오래전부터 결심한 계책이니 다시 고칠 수 없다. 속히 모든 일을 처리하도록 하라."

한확을 밖으로 내보낸 임금이 승전색 전균을 불렀다.

"상서사 관원은 대보를 가지고 들라 이르라."

명을 내린 임금이 편전을 나섰다. 궁장을 끼고 뚜벅뚜벅 걷는 임금의 발걸음이 가벼운 것 같으면서도 무거웠고 무거운 것 같으면서도 가벼웠다. 그러나 좌우로 흔들리는 것은 감출 수 없었다.

얼마가지 않아 경회루에 이르렀다. 루(樓)에 오른 임금이 고개를 들었다. 꽉 막혀 있던 목멱산이 확 트인 것 같았다. 좌우를 휘둘러보았다. 좌(左) 낙산 우(右) 인왕이 그 자리 그대로 있으되 옛 산이 아닌 것 같았다.

자선당(경복궁)

궐내로 시선을 돌렸다. 자선당이 시야에 들어왔다. 자신이 태어나고 어머니가 세상을 떠난 곳이다. 생(生)과 사(死)가 함께 한 자선당. 만감이 교차했다. 삶과 죽음, 극과 극인 것 같지만 하나인 것 같았다. 사신이 즉위했넌 근성문이 눈에 들어왔다. 즉위와 선위 그것노 하늘과 땅인 것 같지만 문이라는 상징물을 통하여 통(通)하는 것 같았다.

승전색 전균의 전갈을 받은 동부승지 성삼문이 상서사로 나아가 관원으로 하여금 대보를 받들게 하여 돌아왔다.

무거운 짐을 내려놓고 싶다

영문도 모른 채 어보를 받들고 들어온 상서사 관원을 이끌고 환관 전균이 경회루로 향했다. 대보를 확인한 임금이 승전색 전균에게 명했다.

"수양대군을 들라 이르라."

수양이 달려오고 승지와 사관이 그 뒤를 따랐다.

"전하! 이게 어찌 된 일입니까?"

수양이 엎드려 통곡했다. 임금이 자리에서 일어나 대보(大寶)를 들었다. 손이 떨리고 입술이 경련을 일으켰다. 임금이 수양에게 대보를 건네주었다.

"아니 되옵니다. 전하!"

수양이 엎드려 사양했다.

"받으시오. 숙부!"

임금의 목소리는 단호했고 얼굴은 창백했다.

"전하! 아니 되옵니다."
"이것은 내 명령(令)이고 숙부의 명운(運)이오."
"아니 되옵니다. 전하!"

수양이 더 이상 사양하지 않고 대보를 받았다.

"뭣들 하고 있는 게냐? 새 주상을 모시지 않고…."

명하는 어린 임금의 목소리가 파리하게 떨렸다. 환관들이 수양을
부액하여 나갔다. 환관의 부축을 받은 수양이 대군청에 이르렀다.
이제는 대군도 아니고 영의정도 아니다. 대보를 손에 쥐었으니 새
임금이다. 사복관이 시립하고 군사들이 시위했다.

한확이 재빠르게 움직였다. 집현전 부제학 김예몽으로 하여금 선
위 교서와 즉위 교서를 짓도록 했다.

임금이 익선관과 곤룡포를 갖추고 근정전으로 나아갔다.

"내가 어린 나이에 선왕의 대업을 이어받아 궁중 안에 깊이 거처
하고 있으므로 내외의 모든 일을 알 도리가 없으니 흉한 무리들이
소란을 일으켜 국가의 위난을 초래하였다. 이 때 숙부 수양대군이
충의를 발하여 내 몸을 보살피고 흉도들을 숙청하여 어려움을 물리
쳤다. 그러나 아직도 흉한 무리들이 소탕되지 않아 변고가 계속되고

있으니 내 부덕한 몸으로는 이를 제압할 능력이 아닌지라 종묘사직을 수호할 책임이 우리 숙부에게 있다.

숙부는 선왕의 아우님으로 일찍부터 덕망이 높았으며 국가에 큰 공로가 있어 인심이 귀의하는 바가 크다. 이에 과인의 무거운 짐을 풀어 숙부에게 넘기는 바이다. 종친과 문무백관 그리고 대소신료들은 우리 숙부를 도와 조종의 유명에 보답하여 뭇사람에게 이를 선양할지어다."

임금이 선위 교서를 반포하는 사이 한명회가 신숙주의 귀에 소곤거렸다.

"주상전하께서 아무래도 사신을 만나러 갈 것 같습니다. 미리 귀뜸 해두는 것이 좋을 듯합니다."

도승지 신숙주의 발바닥에 불이 붙었다. 선위식이 행해지는 경복궁을 빠져 나온 신숙주가 사신들의 잔치가 벌어지고 있는 태평관으로 잰걸음을 놓았다.

"급히 드릴 말씀이 있습니다."

기생을 희롱하고 있는 고보 앞에 신숙주가 머리를 조아렸다.

"꼭지가 어디 붙어있는지 몰라 찾고 있는 중인데, 이보다 급한 일이 있단 말이오?"

게슴츠레한 고보의 눈길이 신숙주의 얼굴에 머물렀다."

"전하께서 수양군에게 대위를 양위하셨습니다."
"양위라 했소?"

술이 화들짝 깨고 흥이 깨졌다.

"그렇습니다. 전하께서 수양군에게 왕위를 물려주셨습니다."
"그게 너희들끼리 주고받을 만큼 가벼운 것이냐? 황제 폐하께서 내리신 작위를 가지고 그렇게 장난쳐도 된다는 말이냐?"

발끈한 목소리가 태평관을 흔들었다.

"갑자기 일어난 일이라 양해를 드릴 겨를이 없었습니다. 별도로 주문(奏聞)을 올리겠습니다."
"고얀 일이다."

혀 꼬부라진 소리가 신숙주의 얼굴을 할퀴고 지나갔다.

"여흥을 깨서 죄송합니다. 그럼 이만….."

태평관을 빠져나온 신숙주가 부리나케 광통교를 향해 내달렸다. 이때, 경복궁을 나와 태평관으로 향하던 임금과 광통교에서 마주쳤다. 광통교는 청계천을 건너는 가장 큰 다리였다.

"어디를 다녀오는 길이오?"

"아, 예. 그것이….."

머뭇거리던 신숙주가 임금을 빤히 올려다보았다. 예전 같으면 할 수 없는 무엄한 행동이다. 승정원은 왕을 지근거리에서 보필하는 기관이다. 군주의 분신이고 임금의 그림자다. 그 수장이 도승지다.

임금이 수양에게 선위한다고 교서를 반포했다. 이홍위는 옛 군주는 될지언정 현 임금은 아니다. 현재 도승지가 모셔야 할 임금은 수양대군 이유(李瑈)다. 옛 정을 생각하여 예우는 하더라도 통제받고 보고해야 하는 입장이 아니라는 눈빛이다.

그렇게 신하와 임금은 광통교에서 헤어졌다. 임금은 태평관으로 갔고 신숙주는 경복궁으로 향했다. 임금이 좌승지 박원형을 대동하고 태평관에 도착했다. 기생 치마에 얼굴을 묻고 있던 사신이 옷매무새를 고치며 임금을 맞이했다.

"내가 어린 나이로 즉위하니 계유년에 안평대군이 반란을 꾀하여 숙부 수양대군이 평정하였습니다. 그러나 남은 일당들이 아직도 암약하여 변란을 꾀하고 있으니 이 어찌 어린 내가 감당할 바이겠습니까? 수양대군은 종실의 장(長)으로서 사직에 공로가 있으니 중임을 부탁할 만합니다. 이에 그로 하여금 국사를 임시 서리토록 하고 장차 이를 주문(奏聞)하겠습니다."

"선위는 국가의 대사인데 국왕 본인으로부터 직접 설명을 들으니

오해가 풀렸습니다."

사신 고보가 답했다. 선위 사실을 통보한 임금이 경복궁으로 돌아 갔다. 수양이 사정전으로 들어가 임금을 알현했다.

"전하께서 물려주신 이 나라, 아름답게 경영할테니 상왕으로 지켜 봐 주십시오."
"부탁합니다. 숙부!"

사정전을 나온 수양이 익선관에 면복을 갖추고 근정전에 섰다. 새 로운 임금의 탄생이다. 발아래 문무백관이 시위하고 조선팔도가 수 중에 들어왔다. 땅 뿐만이 아니라 백성과 초목까지 손안에 있다. 감 개가 무량하다. 아버지 세종과 어머니 소헌왕후의 둘째 아들로 태어 나 돌고 돌아 이 자리에 선 것이다. 실로 38년 만이다.

한확이 문무백관을 인솔하고 전문을 올려 하례했다.

"백성이 도와 군왕이 되시니 천명을 받으셨습니다. 이는 큰 덕이 있어 인심에 순용하신 끼닭입니다. 이제 위대로웠던 사직이 인정을 얻으니 조야가 모두 기뻐하고 있습니다."

근정전 계단 아래 수많은 문무백관이 시립했으나 한확의 전문에 수긍하는 사람은 몇 사람 되지 않았다. 모두가 하나같이 냉소를 흘 리고 있었다.

수양이 하교했다.

"태조께서 하늘의 명을 받아 대동(大東)의 나라를 창업하셨고, 열성 (列聖)께서 서로 계승하시며 밝고 평화로운 세월이 거듭되어 왔다. 그런데 주상 전하께서 선업(先業)을 이어받으신 이래 불행하게도 국가에 어지러운 일이 많았다. 이에 장군(長君)인 내가 아니면 위태로운 나라를 이끌 사람이 없다며 전하께서 나에게 대위(大位)를 주시는 것을 한사코 사양했으나 이를 윤허 받지 못했다. 또 종친과 대신들도 사양만이 능사가 아니라 하여 마지못해 주상의 뜻을 좇았다. 이에 근정전에서 즉위하고 주상을 높여 상왕으로 받들고자 하는 바이다."

즉위식을 마친 수양이 의장을 갖추어 잠저로 돌아갔다.

첩보망에 묘한 것이 걸려들었다

인왕산에 걸쳐 있던 태양이 사라지고 땅거미가 내려앉은 어스름 밤. 숙부 수양에게 왕위를 물려준 단종이 강녕전을 나섰다. 방을 빼라고 다그치진 않지만 새로운 왕이 세워졌으니 임금의 전용 침소 강녕전을 비워주어야 한다.

불도 밝히지 않은 어두운 경복궁. 달빛에 의지하여 수강궁으로 향하는 단종을 발견한 궁인들이 행랑에 몰려나와 통곡했다. 멀어져가는 단종의 뒷모습을 바라보던 박팽년이 두 주먹을 불끈 쥐었다.

"어린 임금 하나 지켜주지 못한 우리가 죄인이야."
"김종서 장군을 죽일 때부터 그의 흑심을 알아봐야 했는데, 믿었던 우리가 바보일세."

집현전 학사를 비롯한 조정의 젊은 관료들은 수양이 김종서를 격살할 때까지만 해도 그의 의중을 반신반의했다. 인사는 이조(吏曹)의 고유권한이다. 임금이 관직을 제수할 때 그들이 세 사람의 명단을 올리면 임금이 한 명을 낙점했다. 6조 중 수석관서이기 때문에 천관(天官)이라 불리며 그 소속 관원들은 전관(銓官)이라 불렸다. 이조전랑의 권한은 막강했다.

헌데, 이조에서 올린 명단에 김종서와 황보인이 노란 표를 해서 올리고 임금은 그대로 낙점했다. 정의와 혈기가 살아 있는 젊은 관료들은 이러한 인사행정을 이해할 수 없다고 성토했다. 분노한 그들은 황표정사(黃標政事)를 매관매직의 뿌리가 되는 망국적 행위로 규정했다.

"수양도 분경의 폐해에서 자유로울 수 없지만 황표정사로 국정을 농단하는 훈구대신들은 마땅히 제거해야 할 공적이다."
"수양의 초법적 조치는 과격했으나 추이를 지켜보자."

대체로 그러한 정서였다. 그 기류의 중심에 신숙주가 있었다. 허나, 수양이 조카의 왕위를 찬탈하자 권력에 빌붙어 출세 지향으로 나가려는 자와 왕권 회복을 위하여 목숨을 걸겠다는 절의파로 극명하게 갈렸다.

"도적놈을 주상이라 받들며 살아야 하는 우리가 금수만도 못한 축생이 아닌가? 이 더러운 목숨으로 사느니 차라리 죽겠네."

박팽년이 성큼성큼 경회루 연못(池)으로 뛰어 들었다.

"이 사람 인수! 왕위가 비록 도적놈 손아귀에 있지만 아직 임금께서 상왕으로 계시니 우리가 살아 있어야 일을 추진할 수 있지 않겠나? 일을 도모하다가 이루지 못하면 그때 죽어도 늦지 않네."
"도적놈을 도적놈이라 부르지 못하고 주상 전하라 불러야 하는 우리가 가련하다 이 말일세."

"자네 심정 낸들 모르겠나?"

　성삼문의 만류에 깊은 곳으로 향하던 박팽년의 발걸음이 멈췄다. 성삼문이 손을 내밀었다. 고개를 들어 하늘을 바라보던 박팽년이 주먹으로 두 눈을 훔치며 뒤돌아섰다. 그리고 성삼문의 손을 잡았다. 연못 밖으로 나온 박팽년을 성삼문이 부등켜 안았다. 젖은 옷에서 빗물처럼 흘러내리는 물줄기는 아랑곳하지 않고 두 사람은 그렇게 한없이 껴안고 울었다.

경회루 연못(경복궁)

　박팽년과 헤어져 집으로 돌아가던 성삼문이 발길을 멈췄다. 도총관(都摠管)으로 궁에 번 들다가 선위한다는 소식을 듣고 병이 나 몸져

누워 있는 아버지 성승이 생각났다. 발길을 돌려 아버지 집으로 향했다.

"퇴청이 늦어 문안이 늦었습니다. 용서하여 주옵소서."
"전하는 지금 어디 계시냐?"
"수강궁으로 가셨습니다."
"이런 쳐 죽일 놈….."

잠시 일어나 앉아 있던 성승이 머리를 감싸며 자리에 누웠다.

"내, 이놈을 죽이지 않고는 눈을 감지 못하겠다."
"그럴 기회가 올 것입니다. 조금만 기다려주십시오."
"너무 질질 끌다 보면 일을 그르칠 수 있다. 속전속결이 최상의 방책이다."
"명심하겠습니다."

박팽년이 통문을 돌렸다. 성삼문과 그의 아버지 성승·유응부·이개·하위지·박쟁·유성원·김질·윤영손·상왕의 외숙 권자신이 은밀한 장소에 모였다.

"우리들의 낌새를 저들이 알았는지 나를 충청감사로 내정했소. 서둘러야 할 것 같소."

박팽년이 운을 뗐다.

"명나라 사신이 태평관에 있을 때 주상이 그들을 수강궁 상왕 어전으로 초치하여 잔치를 한다 하오. 그날을 거사일로 잡으면 좋겠소."

"주상은 무슨 얼어 죽을 주상입니까? 그 자는 조카의 왕위를 찬탈한 자이고 그놈은 왕위를 도적질한 도적놈일 뿐입니다."

"옳소! '입은 삐뚤어졌어도 말은 바로 하라' 했다고 그자는 도둑놈입니다. 그런 놈을 주상이라 불러야 하는 우리가 불쌍하고 우리가 죄인입니다."

"그 죄를 씻으려면 그 자를 주상 자리에서 끌어내려야 하고 상왕을 그 자리에 올려야 합니다."

"조카의 왕위를 지켜준다는 명분으로 궐에 드나들더니만 용상을 냘름 훔쳐 먹은 그놈 상판대기가 쥐 같지 않습니까?"

"앞으로는 주상이라 부르지 말고 쥐상이라 부릅시다."

"하하하."

"흐흐흐."

"하으, 하으, 하으."

팽팽한 긴장이 흐르던 장내에 잠시 웃음꽃이 피었다.

"잔치가 한창 무르익을 때 운검을 서는 성승과 유응부가 쥐상과 그 우익을 베고 성문을 꼭 닫고 그 졸개들을 소탕하면 상왕을 복위하기는 손바닥을 뒤집는 것처럼 쉬울 것이오."

"쥐상과 쥐새끼(世子)는 내가 맡을 것이니 나머지는 자네들이 처치하시오."

유응부가 두 주먹을 불끈 쥐었다.

"한명회와 권람, 정인지는 내가 도륙내어 숭례문밖에 내 걸 것이오."

박쟁이 손을 치켜 올렸다.

"신숙주는요?"
"신숙주는 나와 막역한 사이지만 그의 죄가 가볍지 않으니 베지 않을 수 없습니다."

성삼문이 단호하게 선을 그었다.

"죽이면 학문이 아깝지 않소?"
"학문은 의(義)의 하위 개념입니다. 학문이 아무리 높아도 불의(不義) 와 상종하면 시정잡배와 다를 바 없습니다."
"그래도 살려서 써먹어야 하지 않겠소?"
"내가 살기 위해서 친구를 죽이자는 것이 아닙니다. 그는 불의와 타협했기 때문에 죽어야 합니다."
"숙주나물은 네가 맡아라."

유응부가 형조정랑 윤영손을 지목했다.

"육십 년이 아니라 육백 년이 지나도 후손들에게 교훈이 되게끔 천하의 간신 신숙주는 제가 육시(戮屍)를 내겠습니다."

윤영손이 손을 세워 칼질하는 모습을 보여주었다.

"일이 성공하면 자네의 장인 정창손이 수상이 될 것이다."

성삼문이 김질에게 눈빛을 주었다. 김질 역시, 웃음으로 답했다.

거의 같은 시각. 한명회가 수양대군 잠저를 찾았다.

"임금은 임금답고, 아비는 아비답고, 자식은 자식다워야 하는데 임금이 명례궁에 계시니까 어울리지 않습니다."

한명회가 능청스러운 웃음을 흘렸다.

"아직 익숙하지 않아 그러이. 이제 차차로 익숙해지겠지."
"그래도 임금은 궁에서 주무셔야 임금답습니다."
"하, 하, 하. 자네한테 임금이란 소리를 들으니 쑥스럽구만."
"소인이 권람의 천거로 전하를 처음 뵈었을 때부터 저의 가슴에는 전하로 자리 잡았습니다. 전하 아니면 목숨을 버리겠다는 각오였습죠."
"고마우이."

수양이 한명회의 잔에 술을 쳤다.

"이번 광연정 잔치는 소인에게 맡겨주십시오."
"언제 자네에게 큰일을 맡기지 않았던 일이 있나?"

"이번에는 특별히 그렇습니다."

"무슨 첩보라도 있나?"

"뭔가 집히는 게 있습니다."

"자네 정보망이 촘촘하다는 거야 익히 알고 있지 않은가."

"망원들이 열심히 뛰어주었을 뿐인데 과한 칭찬을 주시니 몸 둘 바를 모르겠습니다."

"그래, 뭐라도 걸려든 게 있나?"

"묘한 것이 포착되었는데 이번에는 한 놈도 남기지 않고 싹 쓸어버릴 것입니다."

한명회가 팔을 걷어붙이며 과장된 몸짓을 했다.

"너무 흥분하지 말게."

"이 자들이 한명회를 물로 보고 있는데 물맛이 뭔지 제대로 한번 보여주겠습니다."

"물맛이라?"

"지난번에 살생부로 뜨거운 물맛을 보여주었는데 아직도 이 자들이 그 맛을 모르고 있으니 한심한 작자들이죠."

"자네만 믿겠네."

"잔치가 벌어지는 광연정이 생각보다 좁으니 운검을 폐하시고 때가 때이니 만큼 찌는 듯이 더우니 세자는 시원한 경복궁에 남아 궁을 지키라 하시지요."

한명회가 자세를 고쳐 앉았다.

"명나라 사신을 모신 잔치인데 운검마저 없으면 모양새가 그렇잖은가?"

"지금 모양 따질 때가 아닙니다."

"허, 허. 이 사람이."

"먹느냐 먹히느냐 문제입니다."

"그렇게 심각한가?"

"네, 그렇습니다."

수양이 소국주를 목에 털어 넣었다.

"자네 말을 따르겠네."

잠시 침묵이 흘렀다.

"이 잔을 받게."

수양이 잔을 내밀었다.

"앉은뱅이 술을 자꾸 내려주시면 소인 일어나지도 못하고 주저앉습니다."

"하하하."

"히히히."

명례궁의 밤은 깊어 갔다.

비겁한 고발자, 역사를 요리하다

주문사로 북경에 들어간 김유례로부터 장계가 올라왔다. '숙부 수양에게 선위하니 윤허해 달라'는 조선 국왕 이홍위의 주청을 접수한 명나라가 윤봉과 김흥을 고명 사신으로 파견할 것이라는 내용이었다. 보고를 받은 조정은 환희로 들떴다.

정통성에 문제가 있어도 상국 명나라가 인정해 주면 덮고 갈 수 있다. 내부적인 반발은 밟고 지나가면 되고 저항하면 베면 된다. 도둑놈 제발 저리 듯 도덕성 때문에 전전긍긍하고 있는데 새로운 왕을 인정해 준다니 명나라가 이렇게 고마울 수가 없다. 하늘처럼 은혜로웠고 아버지처럼 너그러워 보였다. 그 공식 문서를 가지고 사신이 들어온다니 왕실과 조정이 술렁거렸다.

수양은 우참찬 황수신을 원접사로 임명하고 동지돈녕부사 심회를 안주에, 이조참판 어효첨을 평양에, 판중추원사 조혜를 황주에, 화천위 권공을 개성에 파견하여 명나라 사신 맞이에 최선을 다하라고 지시했다.

압록강

　압록강을 건너온 사신 일행이 평양을 지나 개성에 도착했다는 보
고가 개성 유수로부터 들어왔다. 바짝 긴장한 수양은 도승지 박원형
을 벽제관에 급파하여 사신을 영접하도록 했다. 홍제원에서 행장을
정비한 사신 일행이 모화관에 도착했다. 수양이 손수 모화관에 나아
가 흠차태감 윤봉과 김흥을 영접하고 조칙(詔勅)을 맞아들였다.

　"짐은 조선 국왕에게 칙유하노라. 이홍위는 적장자로서 동번(東藩)
을 세습하였으나 약한 몸으로 간흉의 환란을 감당하지 못해 위(位)를
종친의 어진이에게 손양하겠다고 간청하여 특별히 그의 숙부 이휘를
조선 국왕으로 봉하노니 그대는 마땅히 신하로서 충성을 다하여 더

욱 사대(事大)를 확실히 하고 전왕의 양위를 욕되게 하지 말지어다."

수양이 근정전에 올라 무릎 꿇고 배례(拜禮)했다. 뼈 속까지 충성을 바치겠다는 의식이다. 명나라는 조선의 상국이다. 동이(東夷)로 규정하여 오랑캐 취급하지 않는 것만도 하해같이 고마운 일이다. 하여, 원나라가 기울고 명나라가 새로운 대륙의 맹주로 등장할 때부터 아버지 나라로 모시기로 했다. 그것도 강요해서가 아니다. 스스로 그렇게 하겠다고 기었다. 사대(事大)의 끝판이다.

공식적인 행사를 마친 사신이 태평관으로 향했다. 황제를 대신하여 상국의 사신이 왔으니 융숭하게 대접해야 한다. 전국의 기생이 소집되었고 팔도의 산해진미가 공수(供需)되었다. 수양이 상왕과 함께 태평관에 거둥하여 하마연을 베풀었다.

이튿날, 상왕의 처소 수강궁에서 사신을 위한 잔치가 벌어졌다. 상왕이 사신을 초치한 모양새다.

"운검은 들이지 말라 했다."

칼을 차고 들어가려는 성승을 한명회가 제지했다.

"나는 그런 소리를 듣지 못했소."
"그래도 들어갈 수 없다."
"나는 도총관으로서 운검이 내 책무요."

성승과 한명회의 눈이 부딪혔다. 불꽃이 튀었다.

"무장한 무관은 들이지 말라 했다 하지 않았소이까?"

한명회가 뱁새눈처럼 작은 눈으로 성승을 쏘아보았다.

"명에 죽고 사는 것이 무관이오. 어디서 나온 명이요?"
"어명이요."

성승이 물러났다. 통수권자 임금의 명령이라는데 어찌할 도리가 없었다.

"어휴! 저놈을 그냥…."
"세자가 오지 않았으니 한명회를 죽여도 소용이 없습니다."

성승이 칼을 빼어 들고 한명회에게 달려가려 하자 성삼문이 만류했다.

"지금 당장 요절을 내버립시다."

유응부가 분을 삭이지 못하고 거친 숨을 몰아쉬었다.

"지금 세자가 본궁에 있고 운검을 들이지 말라 하였으니 이는 하늘의 뜻인 것 같습니다."

박팽년과 성삼문이 냉정을 되찾자고 호소했다.

"여기에 와 있는 수양과 그 졸개들을 죽이고 상왕을 모시고 경복궁으로 쳐들어가면 세자가 감히 대항하겠습니까? 좀처럼 잡기 힘든 기회이니 놓쳐서는 안 됩니다."

유응부가 강공을 주장했다.

"만일 거사하였다가 세자가 경복궁에서 군사를 일으켜 반격하면 성공을 장담할 수 없습니다. 그러니 임금과 세자가 같이 있는 날을 잡아 거사하는 것이 좋을 듯합니다."
"일은 신속하게 처리하는 것이 중요한데 후일로 미루면 비밀이 누설될까 두렵소."
"무모한 공격은 만전지계(萬全之計)가 아닙니다."

오늘 결행하자는 유응부의 주장을 박팽년과 성삼문이 한사코 만류했다. 만전(萬全). 참 좋은 말이다. '돌다리도 두들겨 보고 건너라'고 완벽하면 더할 나위 없다. 하지만 '지나치면 부족함만 못하다'고 너무 신중한 것이 화(禍)를 부르고 천추의 한이 된다는 것을 성삼문도 이때는 몰랐다.

문밖에서 유응부를 제지한 성삼문이 수강궁 안으로 들어갔다. 때마침 머리를 감고 있는 신숙주를 발견한 윤영손이 칼을 빼려 하자 성삼문이 눈짓으로 만류했다. 영문을 모른 윤영손이 알 수 없다는 표정을 지으며 물러갔다.

거사가 불발이 그친 것을 확인한 김질이 쏜살같이 내달렸다. 뒤돌아보지 않고 앞만 보고 달렸다. 얼마큼 달렸을까? 갈 길은 먼데 온몸이 땀으로 흥건했다. 잠시 호흡을 가다듬은 김질이 또 다시 뛰었다. 처가에 도착한 김질이 숨을 헐떡이며 장인 정창손에게 고했다.

"거사가 미뤄졌습니다."
"거사라 했는가?"

놀란 정창손이 사위 김질의 손을 덥석 잡았다.

"오늘 운검을 들이지 않고 세자도 오지 않았으니 천명입니다."
"누구의 천명(天命)이란 말인가?"
"주상 전하 말씀입니다."
"전하를 도모하려 했단 말인가?"
"네."

김질의 손을 잡고 있던 정창손의 손이 풀렸다. 천당과 지옥을 오간 느낌이었다.

"자네가 왜 그런 일에 끼어들었나?"
"굿이나 보고 떡이나 얻어먹으려 했는데 굿판이 벌어지지 않았습니다."
"예끼 이 사람아, 그렇게 위험한 굿을 구경해?"

말은 그렇게 했으나 수양을 제거하려는 거사에 한 발 담그고 있는 사위를 구경하고 있던 자신의 속내는 드러내지 않았다.

"성공하면 빈장 어른을 영의정으로 모시겠다 하기에….”

김질이 뒷머리를 긁적였다. 정창손은 정난 직후 이조판서에 올랐으며 현재는 우찬성이다. 그의 뒷배를 받은 김질은 6품 벼슬에서 4품 성균 사례로 고속 승진하여 사헌부로부터 탄핵을 받았으나 수양의 비호로 유야무야 되었다.

"자네 간덩이가 부었군. 영상 자리에 오르기 전에 내 목이 달아나겠네. 역적은 삼족을 멸한다는 소리도 들어보지 못했나?”
"고변하면 부귀를 누릴 수 있지 않겠습니까?”

김질과 정창손이 입궐하여 사정전 뜰에 무릎을 꿇었다.

"신은 알지 못하였는데 사위 김질이 성삼문 무리와 어울렸습니다. 소신은 만 번 죽어 마땅하오니 죽여주옵소서.”

정창손이 눈물을 흘렸다.

"비밀히 아뢸 것이 있습니다.”

김질이 땅바닥에 쳐박고 있던 머리를 들었다.

"말해보거라.”

"성삼문이 신을 보자 하기에 신이 가보았더니 '임금이 죽고 상왕과 세자가 왕위를 다툰다면 상왕을 돕는 것이 옳으니 꼭 너의 장인에게 이르라'고 하였습니다. '그런 일이 있다 하더라도 우리 장인이 어떻게 혼자서 할 수 있겠는가?'라고 되물으니 '좌의정은 북경에서 돌아오지 않았고 우의정은 결단성이 없으니 윤사로·신숙주·권남·한명회를 제거하면 거사는 성공이다. 너의 장인 우찬성 대감은 모든 사람들이 존경하고 있으니 대감이 앞장서 상왕을 다시 세운다면 그 누가 따르지 않겠는가?' 하였습니다. 신이 놀랍고 의아스러워 '그대의 뜻과 같이하는 사람이 누구누구인가?' 하니 '이개·하위지·유응부다' 하였습니다."

"틀림없으렷다?"

수양이 김질을 노려보았다. 고양이 앞에 쥐처럼 잔뜩 웅크린 김질이 모기 소리처럼 작은 목소리로 답했다.

"소신의 목숨은 전하 것이옵니다. 하늘을 두고 맹세하겠습니다."

김질의 고변을 접수한 수양이 비상을 걸었다.

거사를 도모한 성삼문, 피투성이가 되다

사정전(경복궁)

군사를 집합시킨 수양이 승지들을 불렀다. 영문을 모른 채 도승지 박원형, 우부승지 조석문, 동부승지 윤자운과 성삼문이 뛰어 들어왔다.

"저 놈을 끌어내라."

수양이 성삼문을 지목했다. 명이 떨어짐과 동시에 내금위 조방림이 용수철처럼 튀어 나갔다. 조방림이 험상궂은 얼굴로 성삼문을 끌어내어 수양 앞에 꿇어 앉혔다.

"김질과 무슨 일을 의논했느냐?"

순간, 성삼문의 머리에 구멍이 뚫린 듯 찬바람이 '휙' 지나갔다. 수양의 입에서 김질의 얘기가 나오리라고는 전혀 예상하지 못했던 것이다. 하늘을 우러러보며 한참 동안 말이 없던 성삼문이 굳게 닫힌 입을 열었다.

"김질과 면질하고서 아뢰겠습니다. 만나게 해주소서."

성삼문을 노려보던 수양이 김질을 들라고 일렀다. 초췌한 얼굴이 들어왔다.

"자네가 고했나?"
"……."

김질이 고개를 떨어뜨리고 아무 말이 없다.

"왜 아무 말이 없는가? 자네가 진정 고했나?"
"예."

힘없는 목소리가 목 안으로 기어들어 가고 숙여진 고개가 더욱 꺾어졌다. 수양에게 고변을 바쳤지만, 생과 사의 갈림길에 서 있다. 살기 위해 고자질을 했지만 살려 준다는 보장이 없다. 성삼문은 이미 죽음의 문턱에 들어섰으니 그가 '괘씸죄'를 걸어 물귀신 작전을 쓰면 꼼짝없이 끌려 들어갈 수밖에 없다. 성삼문의 혀끝에 행운을 빌 뿐이다.

김질은 성삼문보다 품계도 낮고 다섯 살이 어리다. 서른네 살 막내로서 거사에 가담한 것이다. 그가 거사에 발을 담그게 된 동기는 의문투성이다.

그의 장인 정창손이 그를 이용했다고 입에 개거품을 뿜는 사람도 있고 인맥이 취약한 그가 장인을 업었다는 자도 있다. 한발 더 나아가서 손오공이 삼장법사의 손바닥을 벗어나지 못하듯 정창손과 김질이 한명회의 손바닥을 벗어나지 못했다고 주장하는 사람도 있다.

개국공신 김사형의 증손자인 김질은 음보로 충의위(忠義衛) 부사직으로 조정에 출사했다. 성균관 참상관 제도를 이용하여 늦깎이 공부를 한 그는 문종 즉위년 추장문과에 급제하여 사간원에서 촉망받는 젊은이로 성장했다. 이 무렵 성삼문과 신숙주 등 집현전 학사들과 교유하며 관계를 넓혀갔다.

"다 말했나?"
"이개·하위지·유응부까지만 말했습니다."
"천하의 간자(間者) 같으니라고…. 자네를 믿은 게 잘못일세. 더 이상 말하지 말게."

호흡을 가다듬은 성삼문이 수양을 바라보았다.

"김질의 고변이 맞습니다."

화통하다. '밀당'은 성삼문 체질이 아니다. 밀고 당기며 실랑이할 필요가 없다. 속 시원하게 수양이 원하는 답을 던져 버린 것이다.

"이런 발칙한 놈. 이자를 포박하라."

분노한 수양의 목소리가 사정전을 울렸다. 군사들이 달려들어 성삼문을 결박하여 형틀에 묶었다.

"내가 네 마음을 들여다보기를 손바닥 보듯 하고 있다. 사실을 있는 그대로 소상하게 말하라."
"더 드릴 말씀이 없습니다."
"이런 고얀 놈 같으니라고. 이자를 매우 쳐라."

성삼문의 엉덩이에 곤장이 작렬했다. 길이 5척 8치에 넓이 다섯 치, 두께 8푼의 중후장대(重厚長大)한 곤장이다.

"김질이 말한 공모자 외에 누가 있느냐?"
"없습니다."

수양의 눈꼬리가 치켜 올라갔다.

"너는 나를 알게 된 지 꽤 오래 되었고, 나 또한 너를 후하게 대접했다. 지금 네가 비록 불궤한 짓을 모의했다 하더라도 내 친히 묻는

것이니 숨기는 것이 있어서는 안 된다. 네 죄의 경중도 너에게 달려
있다."

수양이 눈을 부릅뜨며 회유했다.

"어찌 숨김이 있겠습니까? 더 이상 없습니다."
"이런 배은망덕한 놈. 매우 쳐라."

성삼문의 엉덩이에서 둔탁한 파열음이 계속되었다. 죄인을 다스릴
때 쓰는 곤장은 하나만 있는 것이 아니다. 중곤(重棍), 대곤(大棍), 중곤
(中棍), 소곤(小棍), 치도곤(治盜棍)이 있다. 이중 가장 무겁고 타격 범위
가 넓은 중곤(重棍)이 성삼문의 엉덩이 위에서 춤을 추었다.

"사실 박팽년·이개·하위지·유성원과 같이 공모하였습니다."
"더 이상 없다더니만 박팽년이 나왔군. 모조리 말함이 좋을 것이다."

또 다시 매타작이 이어졌다. 조용한 사정전 앞뜰에 둔탁한 곤장 소
리와 고통에 몸부림치는 비명 소리가 진동했다.

"유응부와 박쟁도 알고 있습니다."

매에 장사 없다. 성삼문의 볼기짝이 너덜너덜해졌고 피가 튀고 살
이 떨어져 나갔다. 성삼문이 혼절하자 이개와 하위지를 잡아들이라
명했다. 한동안 뜸했던 나졸들의 발바닥에 불이 붙었다.

잠시 후, 이개가 포승줄에 묶여 왔다. 머리는 산발한 채 피투성이가 되어 축 늘어진 성삼문을 발견한 이개는 모든 것이 수포로 돌아간 것을 직감할 수 있었다.

"너는 나의 옛 친구다. 친구 사이에 이럴 수 있느냐?"
"나는 친구로 대해준 적이 없소이다."
"허허."

수양이 허허로운 웃음을 날렸다.

"좋다. 네가 날 친구로 대하지 않아도 너는 나의 옛 친구다. 참으로 그러한 일이 있었다면 모조리 말하라."
"말할 것이 없다."
"정말이냐?"
"그렇다."

이개가 완강히 버텼다. 문과에 급제하여 조정에 출사한 이개의 문재(文才)를 일찍이 간파한 세종은 그를 저작랑(著作郞)에 임명하여 명황계감(明皇戒鑑)을 편찬케 하고 훈민정음 창제에 참여시켰다.

집현전 학사들이 한글 창제에 여념이 없을 때, 수양은 집현전을 방문하여 구경하는 것을 좋아했다. 이때 수양의 눈에든 게 이개였고. 수양은 동갑내기인 그를 벗처럼 대했으나 이개는 대군으로 깍듯이 예우했다. 야심 많은 수양에게 붕우(朋友)의 정을 섞고 싶지 않았기 때문이었다.

수양이 하위지에게 시선을 돌렸다.

"성삼문과 무슨 일을 의논하였느냐?"
"기억이 없습니다."
"기억이 없다니 말도 안 되는 소리를 하는구나. 누구누구와 모의했느냐?"
"기억이 안 납니다."
"네 눈에는 내가 누구로 보이느냐?"
"보이는 게 없습니다."

완전 무시로 나갔다. 수양이 눈을 부릅뜨면 하위지도 눈을 부릅떴다. 하위지는 상왕파 중에서 제일 연장자다. 성삼문보다 여섯 살 위고 수양보다도 다섯 살 위다. 품계는 나이의 상위개념이다. 더구나 군신 관계에서는 의미가 없다. 하지만 하위지는 중후한 몸짓으로 분위기를 압도했다.

"너의 임금은 누구냐?"
"딱 한 분입니다."
"그가 누구냐고 묻지를 않느냐?"
"여기 계시지 않은 것은 분명합니다."
"이런 고얀 놈 같으니라고. 이놈을 당장⋯."

개무시를 당한 수양의 인내심이 한계에 이르렀다. '당장 끌어내어 목을 쳐라'고 명하고 싶었다.

"한방이 엮어놓은 고구마 줄기를 서서히 당겨야 합니다. 너무 조급하게 서두르면 줄기를 놓칠 수 있습니다. 지난 번 김종서와 황보인을 제거할 때처럼 빨리 죽여서는 안 됩니다. 시간은 우리 편입니다. 체신을 지키며 천천히 가야 합니다. 이번엔 복위 음모에 연루된 자들뿐만 아니라 상왕도 쓸어 내야 합니다."

어젯밤, 확대 참모회의에서 나직이 속삭이던 귀엣말이 생각났다. 달콤한 목소리였다. 권력이 커지면 욕심을 내는 자가 있게 마련이다. 임금의 국구가 되려는 자의 야심은 하늘 높은 줄 모르게 커졌다. 수양이 자세를 고쳐 앉았다.

"이 무리들은 즉시 엄한 형벌을 가하여 국문함이 마땅하나 유사가 있으니 이들을 의금부에 하옥하라."

피투성이가 된 성삼문이 다리를 끌며 끌려 나가고 하위지와 이개가 그 뒤를 따랐다. 이때였다. 공조참의 이휘가 헐레벌떡 뛰어 들어와 넙죽 엎드렸다.

"신이 성삼문의 집에 갔더니 권자신, 박팽년, 이개, 히위지, 유성원이 모여서 의논을 하고 있었습니다. 성삼문이 '자네는 시사를 알고 있는가?' 하기에 '내가 어찌 알겠나?' 하였더니 성삼문이 '지금 상왕을 모실 궁리를 하고 있네' 하였습니다. 신이 '그 의논을 아는 사람이 몇 사람이나 되는가?' 하였더니 '박중림과 박쟁도 알고 있다' 하였습니다. 신이 즉시 아뢰고자 하였으나 내막을 정확히 알지 못하였기 때문에 즉시 아뢰지 못하였습니다."

착한 이휘다. 스스로 알아서 기었으니 하나밖에 없는 생명에 충실한 위인이다. 허나 자비는 없었다. 비겁한 자의 특권은 거두어지지 않았다. 그는 결국 거열형을 당하고 말았다. 수양 즉위에 협조한 공으로 좌익공신 3등에 책록되고 또 다시 그의 손에 죽임을 당했으니 권력무상, 인생무상이다.

"박팽년을 잡아들이고 국청을 준비하라."

본격적인 신문(訊問)을 하겠다는 것이다.

조카 왕위 빼앗은 놈은 전하가 아니다, '족하'다

사정전(경복궁)

땅기미기 내려앉은 시정전 앞뜰에 흰히게 불이 밝혀졌다. 수양이 앉은 자리 양 옆으로 의금부 제조 파평군 윤암, 병조판서 신숙주, 호조판서 이인손, 이조참판 어효첨이 대간과 함께 시립하고, 사간원과 사헌부 관원 전원이 참석했다. 의금부 옥에서 하룻밤을 보낸 성삼문을 비롯한 상왕파들이 결박당한 채 의자에 앉았다.

"너희들이 어찌하여 나를 배반하는가?"

"상왕께서 타의에 의해 손위(遜位)하셨으니 다시 세우려 함은 신하 된 자의 도리가 아니겠습니까?"

"상왕께서 물러나 앉으셨으니 이 나라의 임금은 과인인데 상왕을 다시 세우려 함은 대역이라는 것을 모르나?"

"나으리가 상왕 전하의 보위를 뺏으니 신하 된 도리로서 제자리로 돌리려 함을 어찌 모반이라 하십니까?"

"선위하셨잖은가?"

"나으리가 평소에 곧잘 주공(周公)을 끌어대는데 주공도 이런 일이 있었습니까?"

수양의 말문이 막혔다. 주나라 문왕의 아들 주공은 조카 성종을 도와 왕실을 튼튼한 반석 위에 올려놓은 사람으로 공자와 후세의 사가들이 높이 평가하는 인물이다.

"성왕은 선위하지 않았고 상왕은 선위하지 않았는가? 선위를 인정하는 것이 시대의 소명이 아닌가?"

"도적질한 보위를 어찌 선위라 호도하십니까? 군자는 도적놈에게 예를 다하지 않은 것이 예법으로 알고 있습니다. 지금부터 나으리에게 경어를 쓰지 않음에 예를 탓하지 마소서."

"뭣이라고? 이런 발칙한 놈이 있는가? 이자의 주둥이를 문질러 놓아라."

형졸들이 달려들어 성삼문의 입을 짓이겨 놓았다.

"백번 양보하여 선위를 인정한다 해도 상왕 전하가 시퍼렇게 살아

계신데 두 임금을 모시란 말인가? 성삼문은 죽었다 깨어나도 그 짓 못한다. 성삼문이 상왕 전하를 복위하려 함은 하늘에 두 해가 없고 신하에게 두 임금이 없기 때문이다."

성삼문의 입에서 목소리와 함께 피가 튀어나왔다. 경어는 사라지고 막말이다. 죽기를 각오했으니 무엇이 두렵겠는가.

"선위를 받을 때는 방관하며 내게 붙었다가 왜 이제 나를 배반하는가?"

"솔직히 그때는 사세가 불가능해서 그랬다. 도적질을 저지르지 못할 바에는 한발 물러서서 기회를 엿봐야지 공연히 일을 그르쳐 죽을 수야 없지 않은가? 속이 쓰리지만 참고 견디며 지금까지 이른 것은 안전하게 일을 도모하려 함이었는데 이렇게 되었다. 뼈아프다."

"네가 신이라 일컫지 않고 과인을 나으리라고 하는데 네가 내 녹을 먹지 않았느냐? 녹을 먹고 배반하는 것은 반역이다. 겉으로는 상왕을 복위시킨다고 하지만 실상은 네가 왕위를 탐한 것 아니냐?"

"성삼문은 나으리처럼 보위를 탐하는 몰염치한 소인배가 아니다. 나으리의 할아버지 태종대왕의 백성으로 태어나서 상왕의 신하로 죽을 것이다."

"이런 발칙한 놈."

수양의 분노가 이글거렸다.

"이 자에게 작형(灼刑)을 가하라."

시뻘겋게 달구어진 불인두가 성삼문의 가슴에 내려앉았다. 살가죽이 지글지글 검은 연기가 피어올랐다.

"과인의 신하로 거듭나면 살 수 있다."
"상왕이 계신데 나으리가 어떻게 나를 신하로 삼을 수 있는가?"
"내가 준 녹을 먹지 않았는가?"
"진실을 알면 나으리가 실망하겠지만 성삼문은 나으리가 준 녹을 먹지 않았다. 만일 믿지 못하거든 나의 집을 뒤져 보라."
"이런 고얀 놈 같으니라고? 더 달구어진 불 인두 없느냐?"

형졸들의 손이 바빠졌다. 달구어진 불 인두가 성삼문의 두 다리 사이를 파고들었다.

"으~윽!"

성삼문은 고통에 못 이기는 비명 소리도 치욕이라고 생각했다. 하지만 아무리 참으려 해도 자신도 모르게 비명이 튀어나왔다.

"나으리의 형벌이 참 독하구나."

이를 악물고 고통을 참던 성삼문이 뜨거운 입김을 토해냈다.

"쇠가 식었으니 다시 달구어 오라."

성삼문의 충혈된 눈이 튀어나올 것만 같았다. 그의 흐릿한 시야에 신숙주가 잡혔다.

"옛날에 너와 함께 집현전에 근무할 때, 세종대왕께서 원손을 안고 뜰을 거닐면서 '내가 죽은 후에 너희들이 이 아이를 잘 보살피라' 하시던 말씀이 아직도 귓전에 생생한데 네가 어찌 잊었는가? 너의 뻔뻔함이 이 정도에 이를 줄은 몰랐다."

성삼문의 눈빛이 경멸과 저주로 불탔다. 섬뜩함을 느낀 수양이 신숙주를 불렀다.

"뒤편으로 나가 있으라."

사정전 뒤뜰로 신숙주를 내보낸 수양이 박팽년을 신문했다.

"네가 과인에게 항복하고 성삼문과 같이 역모를 안 했다고 하면 살 수 있다."
"이렇게 엄정한 국청 자리에서 '한 것을 안 했다'고 하라니 나으리도 참 웃기십니다. 푸하하하! 나으리는 도원군을 그렇게 가르쳤습니까?"

박팽년이 호탕하게 웃었다. 도원군은 수양의 아들이다.

"저런 고얀 놈 같으니라고… 저자의 주둥이를 문질러 놓아라."

형졸들이 달려들어 박팽년의 입술에서 피가 터지도록 매질을 가했다.

"네가 이미 과인에게 신이라 일컬었고 내게서 녹을 먹었으니 지금 비록 신이라 일컫지 않는다고 무슨 의미가 있느냐?"

"나는 상왕의 명령으로 충청감사가 되었으니 상왕의 신하다. 그리고 나으리가 조카의 보위를 빼앗아 위에 오른 후에는 현지에서 올린 장계에도 나으리에게 한 번도 신이라 일컫지 않았으니 하늘을 우러러 한줌 부끄러움이 없다. 그것뿐이 아니다. 나으리가 내려준 녹은 뱃가죽이 들러붙어도 먹지 않았다."

"고얀 놈 같으니라고, 너의 뱃가죽이 얼마나 두꺼운지 불 인두 맛을 보여주겠다. 이봐라, 뭣들 하는 게냐?"

능멸감을 느낀 수양의 분노가 폭발했다. 시뻘겋게 달구어진 불 인두가 박팽년의 아랫배를 파고들었다.

"이 자가 올린 장계를 가져와라."

불호령이 떨어졌다. 승정원 관리가 박팽년이 충청감사로 있으면서 올린 장계를 대령했다. 수양이 박팽년의 장계를 살펴보았다. 신(臣)자는 하나도 없고 그 글자가 들어갈 자리에 거(巨)자가 있었다.

"이런 우라질⋯."

화가 머리끝까지 치솟은 수양이 장계를 내팽개치며 소리쳤다.

"저자의 눈구멍에는 불 인두가 안 들어 간다더냐?"

시뻘겋게 달구어진 불 인두가 박팽년의 얼굴로 향하는 것을 확인한 수양이 유응부를 신문(訊問)했다.

"네가 맡은 역할은 무엇이냐?"

"잔칫날에 족하(足下)를 한 칼로 폐하고 상왕을 복위하려 했는데 불행히도 간인의 고발로 불발에 그쳤다. 족하는 빨리 나를 죽여라."

"말버릇이 고약하구나. 족하가 뭐냐?"

"뭐긴 뭐냐? 조카의 왕위를 찬탈한 놈을 족하라 부르지."

"괘씸하구나."

수양의 얼굴이 일그러졌다.

"내가 틀린 말 했나?"

"이놈이 그래도…."

"내가 존숭하는 임금은 전하라 부르지만 내 발바닥의 때만큼도 못한 자는 족하(足下)라 부른다."

"뭣이라고?"

수양의 뇌를 김싸고 있는 그릇이 열렸다.

"이 자의 살가죽을 벗겨라."

예리한 칼날이 유응부의 목덜미에 닿았다. 섬뜩했다. 유응부가 눈을 감았다. 살을 찢는 통증과 함께 살가죽이 어깨 위로 벗겨져 내려갔다.

"네가 상왕의 이름을 내걸고 사직을 도모하려 하였구나?"

"사직 같은 소리 하지 마라. 인간 유응부는 너처럼 도적놈이 아니다."

이를 악물며 고통을 참는 유응부의 충혈 된 눈이 성삼문과 하위지를 쏘아보았다.

"세상 사람들이 말하기를 '서생과는 일을 꾀할 수 없다' 하더니 과연 그렇구나. 지난번 잔칫날, 내가 칼을 뽑으려 하니 너희들이 '만전의 계책이 아니다'라고 만류하여 오늘의 화를 당하게 되었다. 너희들처럼 결단력이 없으면 아무리 지혜가 있어도 어디에 쓸 수 있겠는가?"

한 호흡 숨을 고른 유응부가 수양을 노려보았다.

"더 물을 일이 있거든 저 어리석은 선비들에게 물으라. 나는 더 이상 할 말이 없다."

"건방진 놈! 저자의 다리에 불 인두를 놓아라."

자존심 상한 수양의 목소리가 거칠어졌다. 시뻘겋게 달구어진 불 인두가 유응부의 사타구니 사이에 내려앉았다. 살가죽이 지글지글 끓어올랐다. 얼굴빛을 변하지 않고 견디던 유응부가 소리쳤다.

"쇠가 식었다. 다시 달구어 오라."

말을 마친 유응부가 혼절했다. 수양의 시선이 이개에게 향했다. 서로의 눈에서 불꽃이 튀었다.

"이것이 도대체 무슨 형벌이냐?"

누가 누구를 신문하는지 모르겠다. '법에도 없는 형벌이지 않느냐?'는 준엄한 항의다. 절대왕권 사회에서는 왕의 말은 곧 법이다. 하지만 형벌은 법으로 규정되어 있다. 법에도 없는 형벌을 가하는 것은 소인배의 분노의 배설이며 권력을 가진 자가 법을 지키지 않으면 '무지렁이 백성인들 법을 지키겠느냐?'는 반어다. 궁색한 수양이 하위지에게 시선을 돌렸다.

"사람이 반역이란 죄명을 쓰면 마땅히 베는 형벌을 받게 되는데 다시 무엇을 묻는가?"

수양이 묻기 전에 먼저 따돌렸다. 궁지에 몰린 수양이 단근질을 멈추라 명했다. 살이 타고 기름이 지글거리며 피어오르던 연기는 멈추었지만 노린내는 진동했다. 가라앉은 목소리로 수양이 성삼문에게 물었나.

"이제 우리, 말로 하자. 모의한 자가 누구누구냐?"
"여기 있는 사람들이 전부다."
"우리 이제 힘들게 밀고 당기지 말자."
"우리 아버지가 있을 뿐이다."
"그 얘기는 나오지 않아도 다 알고 있지 않은가?"

"우리 아버지도 숨기지 않았는데 하물며 다른 사람이 또 있겠는가?"

"강희안도 있지 않느냐?"

깜짝 놀랐다. 토설하지 않았는데 수양이 어떻게 강희안을 알고 있을까?

"나으리가 세종이 이후 나라의 재목을 다 죽이고 이 사람만 남았는데 그자는 모의에 참여하지 않았으니 남겨두어 쓰거라. 강희안은 진실로 어진 사람이다."

강희안은 세종이 창제한 정음(正音) 28자에 해석을 붙인 유일한 학자다. 조선의 준재들이 모여 있는 집현전에서도 군계일학처럼 돋보이는 당대의 동량이었다. 성삼문과 동갑인 강희안은 성삼문이 닮고 싶은 동료이며 동지였다. 성삼문은 죽어가면서도 강희안을 보호했다.

"이 자들을 의금부에 하옥하라."

야심한 밤, 이경(二更). 국청이 끝났다. 살이 타고 살가죽이 벗겨지는 잔혹의 시간이 끝난 것이다.

간밤에 불던 바람에 눈서리 치더란 말인가

의금부가 있던 자리에 세워진 표지석

　해가 뜨지 않은 이른 아침. 의금부 도제조 윤암과 제조 윤사로, 그리고 강맹경, 이인손, 신숙주, 성봉조, 박중손, 어효첨이 결안(結案)을 가지고 편전에 입시 했다. 어젯밤 광풍이 언제 그랬냐 는 듯 사정전 앞마당은 말끔히 치워져 있었다.

성삼문, 이개, 하위지, 박중림, 김문기, 성승, 유응부, 윤영손, 권자신, 박쟁, 송석동, 이휘, 상왕의 유모 봉보부인의 여종 아가지, 권자신의 어미 집 여종 불덕, 별감 석을중이 끌려나왔다.

"박팽년·허조·유성원이 지난해 겨울부터 성삼문·이개·하위지·성승·유응부·권자신과 함께 당파를 맺고 박중림·김문기·박쟁·송석동·윤영손·아가지·불덕과 결당하여 어린 임금을 끼고 초하룻날 거사하려 하였으니 그 죄는 능지처사에 해당합니다.

성삼문은 중시에 장원한 후 교만해져 스스로 남보다 월등하다 생각했으나 오래도록 제학과 참의에 머물러 있어 불만이 많았습니다. 성삼문에게 '상왕도 아는가?'라고 물으니 '권자신을 시켜 통지하였다'고 하였습니다. 그 아비 성승은 의주 목사로 있을 때 사람을 죽여 관직이 떨어지고 고신과 과전을 몰수당했으나 안평이 계청하여 환급해 주었으므로 이용 사람입니다.

박팽년은 사위 영풍군의 연고로 화가 미칠까 항상 두려워하였고, 하위지는 주상에게 견책을 받은 것을 원한으로 품었으며, 이개와 유성원은 품계 낮은 자급에 불평불만이 많았습니다. 김문기는 도진무로 있을 때 그의 족친 박팽년과 성삼문에게 말하기를 '그대들은 안에서 일이 성공되도록 하라. 나는 밖에서 군사를 거느리고 있으니 거역하는 자가 있다면 좌시하지 않겠다'고 하였습니다.

성균관 사예로 있던 유성원은 성삼문이 잡혀갔다는 소식을 듣고 집으로 돌아가 자결하고 허조 또한 스스로 목을 찔러 죽었습니다.

이들의 죄상이 이와 같으니 이미 죽은 자도 시체를 거열하고 목을 베어 효수할 것이며 목을 팔도에 전하여 본보기를 보이도록 하소서. 또한 그들의 재산을 몰수하고 연좌된 자들도 아울러 율문에 의하여 시행하소서."

피를 부르는 소리다.

"친자식들은 모조리 교형에 처하고 어미와 딸·처첩·조손·형제·자매와 아들의 처첩은 극변의 노비로 영구히 소속시키라. 백부·숙부와 형제의 자식들은 먼 지방의 노비로 소속시키되 아가지와 불덕은 연좌시키지 말라. 백관들은 하나도 남김없이 군기감에 나아가 역도들이 처형되는 모습을 볼 것이며 죄인들의 목은 3일 동안 저자에 효수하라."

명이 떨어졌다. '사람을 죽여도 좋다'는 살인 면허다. 의금부 나장들의 발바닥에 불이 붙었다. 동서남북으로 뛰고 성 밖으로 뛰었다. 조옥(詔獄)에 갇혀있는 혐의자들은 언제라도 끌어내어 처형하면 된다. 하지만 산지사방에 흩어져 있는 족친은 정보가 새나가기 전에 급습하여 속전속결로 처리해야 한다.

성삼문 집에 도착한 나졸들이 맹첨, 맹년, 맹종과 갓난아기 등 네 아들을 모두 교형에 처하고 여자들은 끌고 갔다. 또 다른 패는 성삼문의 아버지 성승 집으로 쳐들어가 삼고, 삼빙, 삼성 등 성삼문의 아우 세 명의 목에 올가미를 걸었다.

박팽년의 집을 기습한 나장은 그의 아들 헌, 순, 분, 파, 녹대, 개동, 흔산, 그리고 올해 태어난 아들 등 여덟 사람을 요절내고 그의 아버지 박중림의 아들 대년, 기년, 영년, 인년 등 박팽년의 아우를 모조리 목 졸라 죽였다. 성삼문과 박팽년의 가문은 멸문지화를 당한 셈이다. 하지만 기적은 있었다. 갓난아기를 가진 종들의 희생어린 기지가 작동하여 성번(成燔)은 구사일생으로 살아남아 대를 이었다.

살육은 계속되었다. 이개의 아들 공회, 유응부의 아들 사수, 하위지의 아들 연과 반, 유성원의 아들 귀련과 송련, 권자신의 아들 구지, 허조의 아들 연령, 김문기의 아들 현석이 교형에 처해졌고 송석동의 아들 창, 녕, 안, 태산 등 4형제와 김감의 아들 한지와 선지, 이지영의 아들 사이, 박정의 아들 숭문, 이유기의 아들 은산, 심신의 아들 올미, 봉여해의 아들 유, 이오의 아들 철, 장귀남의 아들 충, 조청로의 아들 영서, 이호의 아들 성손이 죽임을 당했다.

이 밖에도 단종의 외할머니 화산부원군 부인 최씨와 권서, 권저, 이말생, 최사우, 이휘, 김구지, 이정상, 최치지, 정관, 심상좌, 황선보가 교형에 처해졌고 주인을 잘 못 만난 종 계남, 무손, 금, 구령, 즉동, 득지가 죽음을 면치 못했다. 김질의 고변으로 불거진 복위 사건으로 8백여 명이 희생되었다.

북촌(北村). 왕족은 물론 정승판서와 당상관 이상 사대부들이 선호하는 주거 밀집 지역이다. 경복궁과 창덕궁 사이에 있어 대궐에 드나들기 편리할 뿐만 아니라 관운이 열린다는 속설이 있는 동네다. 하지만 깊은 산속에서 도를 닦았다는 일단의 술사들은 '그 얘기는

기(氣)가 센 사람들의 이야기이고 기(氣)가 약한 사람은 기(氣)에 치어 기(氣)가 죽는 흉골(凶谷)'이라고 혹평하는 두 얼굴의 동네다.

아니나 다를까. 한집 건너 한집에 초상이 났고 한 골목은 줄줄이 곡소리가 이어졌다. 기(氣)가 센 터를 피해 돈의문 밖으로 나간 김종서도 죽었으니 터와 죽음은 별 관계가 없는 것인지도 모르겠다.

아침 해가 아차산에 걸렸다. 어제의 태양인 것 같지만 분명 오늘의 태양이다. 조옥(詔獄)이 열렸다. 옥문이 열린 것은 바람직한 일이지만 반가운 일만은 아니다. 인간의 한계를 시험하는 악형으로 만신창이가 된 몸을 이끌고 한 사람씩 나왔다. 형장으로 가기 위해서다. 만신창이가 된 성삼문이 나졸들의 부축을 받으며 함거에 올랐다.

북 소리는 사람 목숨 재촉 하는데
(擊鼓催人命)

머리 돌려보니 해는 이미 기울었네
(回頭日欲斜)

머나먼 황천길에 주막 하나 없으니
(黃泉無一店)

오늘 밤은 뉘 집에서 재워 줄라나
(今夜宿誰家)

수레가 서서히 움직이기 시작했다. 수많은 군중 사이에서 대여섯 살 되어 보이는 여자아이가 뛰어나왔다. 그 모습을 발견한 성삼문이 나장에게 간곡하게 부탁했다.

"마지막 가는 사람 소원이니 수레를 잠시만 멈춰주시오."

함거가 멈췄다. 풀린 동공을 가다듬으며 성삼문이 겨우 입을 열었다.

"사내자식은 다 죽을 것이지만 너는 딸이니까 살 것이다."

함거의 나무 목봉 사이로 손을 뻗어 딸아이의 손을 잡았다. 고사리 손가락이 손안에 쏘옥 들어왔다. 언제 잡아 봤는지 기억이 없는 손이다. 평소 다정하게 잡아주지 못했던 아비의 회한이 가슴을 할퀴었다. 아직 여물지 않은 아이를 두고 간다니 가슴이 미어졌다. 딸아이를 데리고 나온 종이 흐느끼며 술을 올렸다. 몸을 굽혀 목을 축인 성삼문이 다시 한 수 읊었다.

임 주신 밥 먹고 임 내린 옷 입어
(食人之食衣人衣)

일평생 한 마음 어길 줄 있었으랴
(所一平生莫有違)

한 번 죽음이 충의인 줄 알았으니
(一死固知忠義在)

현릉송백 꿈속에 아른아른 하여라
(顯陵松柏夢依依)

이개가 끌려나왔다. 산발한 머리를 들어 좌우를 두리번거리던 이개가 묵묵히 함거에 오르며 시를 한 수 읊었다.

우(禹)의 구정처럼 삶이 중할 경우 삶 또한 중요하거니와

(禹鼎重時生亦大)

죽음도 새털처럼 가벼이 봐야 할 때 죽음 또한 영화로세

(鴻毛輕處死有榮)

두 임을 생각하다가 문득 성문 밖을 나가노니

(明發不寐出門去)

현릉(顯陵)의 솔 빛이 꿈속에도 푸르러라

(顯陵松柏夢中靑)

현릉(단종의 아버지 문종과 어머니 현덕왕후가 잠들어 있다)

유응부가 함거에 올랐다. 살가죽이 벗겨지는 악형을 당했지만 무골 답게 당당하다. 임금의 얼굴을 용안이라 한다. 신하가 용안을 응시하는 것조차 불경이다. 허나, 유응부는 수양의 얼굴을 뚫어져라 쳐다보며 "뭐긴 뭐냐?" "내가 틀린 말 했나?"라고 맞받아치던 강골이다.

간밤의 부던 바람에 눈서리 치단 말가
낙락장송이 다 기울어 가노매라
하물며 못다 핀 꽃이랴 닐러 무슴 하리오

무인답지 않게 시재(詩才)도 번득인다. 유응부가 함거에 오른 후, 마지막 수레가 도착했다. 헌데, 오르는 자가 없다. 잠시 후, 형졸들이 거적자리에 둘둘 말린 물체를 실어 올렸다. 시신이었다. 악형에서 깨어나지 못한 박팽년이 죽었던 것이다.

의금부를 빠져 나온 함거가 광통교를 건너 군기감 앞에 도착했다. 남별궁 앞으로 야트막하게 펼쳐진 공터에 문무백관들이 빙 둘러서 있었다. 수많은 눈동자가 애잔한 눈빛으로 성삼문을 바라보았다. 함거에서 내린 성삼문이 그들을 바라보았다. 낯익은 얼굴도 있었고 처음 보는 얼굴도 있었다.

"너희들은 어진 임금을 도와 태평성세를 이룩하여라. 성삼문은 흙으로 돌아가 지하에서 옛 임금을 뵈올 것이다."

형졸들이 달라붙어 성삼문의 손과 발 그리고 목을 묶어 달구지에 걸었다. 무심한 황소는 큰 눈을 껌벅거리며 고삐 잡은 손을 바라보고 있었다.

"삼보 앞으로."

도사의 구령에 따라 다섯 방향으로 퍼져있던 형졸들이 달구지를 움직였다. 묶여 있던 성삼문의 몸이 공중에 붕 떴다. 조마조마하게 지켜보던 백성들이 손으로 얼굴을 가렸다. 무섭고 두려웠다. '휴'하고 한숨을 내쉬는 사람이 있는가 하면 얼굴을 가린 손가락 사이로 쳐다보는 사람도 있었다.

"오보 앞으로."

형졸들이 움직였다. 고삐 잡힌 소들도 덩달아 움직였다. 그 순간, '우지직'하는 소리와 함께 성삼문의 몸이 다섯 조각으로 찢어졌다. 참혹한 형벌이다. 그 모습을 똑바로 쳐다보지 못하고 고개를 돌리는 사람도 있었다.

이어 유응부의 서열형이 집행되었고 이미 숨이 끊어진 박팽년의 시신도 다섯 조각으로 찢겨졌다. 뒤이어 9명이 더 거열형에 처해졌고 이들의 목은 숭례문 밖에 효수(梟首)되었다. 그것도 구경이라고 지나는 행인들이 구름처럼 모여들었다.

"잘 죽었다. 퉤."
"충신들이 죽었는데 그 사람들에게 그렇게 욕하면 예의가 아니지유."

"충신들인지 등신들인지 나는 잘 모르지만 내가 뭐 틀린 말 했수?"

"그러면 벌 받아유."

"잔칫날 칼을 뺏으면 죄다 아작을 냈을 텐데 무슨 놈의 만전은 만전?"

"만전 찾느라고 그 기회를 놓쳐버렸으니 등신들 아니고 뭐란 말이요?"

"그 생각만 하면 열불 뻗쳐 못살겠다니깐요."

"재수 없으면 잡혀가서 경쳐요."

"어휴, 울고 싶은 놈 뺨 때린다고 차라리 잡혀가서 몇 대 맞았음 좋겠수. 실컷 울기나 하게."

"울지도 못하게 목을 쳐버리면?"

"에끼 여보슈, 재섭는 소리 그만 하슈."

"히히히."

"<u>흐흐흐</u>."

이때였다. 벙거지에 육모방망이를 찬 포졸 두 명이 먼발치에 나타났다. 효수된 머리를 보며 낄낄거리던 사람들이 갯벌에 나와 있던 게들이 망둥이 뛰는 소리에 놀라 게구멍으로 숨어들듯 순식간에 사라졌다. 헌데 가까이 오던 포졸들이 군중 가까이 다가오지 않고 되돌아갔다.

"아니, 저치들은 왜 오다가 되돌아 가는겨?"

"산발한 머리통이 무서운가부지."

"이 사람들아 그것도 모르는가. 포졸들이나 의금부 나졸들은 얼씬 거리지 말라는 한방의 지침이 포청에 내려왔다 하더라구."

"그전에는 성벽을 쌓고 사람들을 감시하던데 이번에는 왜?"

"왜는 왜야, 이만큼이라도 숨통을 터주지 않으면 백성들이 폭발할까봐 그렇지."

"역시 그자는 천하의 머리꾼이야."

"시대가 영웅을 만드는지 그자가 영웅을 만드는지 모르겠어."

"뒈질 놈들은 죽지 않고 살아야 할 사람들이 죽었으니 이 원한을 어찌한데?"

"그러게 말이요. 저승사자는 뭐하고 있나? 잡아갈 놈들을 잡아가지 않고."

"저승사자가 바빠서 못 온다 합디다."

"크크크."

공허한 웃음이 숭례문에 메아리쳤다.

"바빠서 못 오면 다음에 그놈들 후손이라도 잡아가겠지…."

"쥐새끼는 명이 짧아 보위에 오르지도 못하고 죽을 팔자라 하던데…."

"새끼에 새끼 있잖수?"

"그 새끼는 문어리 라는 소문도 못 들어 봤수?"

"칠삭둥이는?"

"그 놈은 명줄이 고래심줄처럼 질겨서 제명대로 산다나 뭐한다나…."

"뼈다귀가 파헤쳐질 사주라던데…."

"말들 조심하시우, 쥐도 새도 모르게 채가니까."

"잡혀가면 죽기보다 더 하겠수?"

"죽는 건 무섭지 않지만 애꿎은 새끼들 죽어나가니까 그렇지…."

엄혹한 시대에 아무런 역할도 하지 못했다는 자괴감에 괴로워하는 민초들의 공허로운 외침이 숭례문을 울렸다.

사정기관의 충성경쟁... 최고 권력자도 통제 불능

시절이 하수상하다. 선비들은 외출을 삼갔고 백성들은 입을 닫았다. 어느 구름에서 비가 내릴지 모르고 어느 하늘에서 벼락이 내려칠지 모른다. 운종가 시전에만 사람이 조금 보일 뿐 도성이 한산하다. 정보(鄭保)가 누이 집을 찾았다.

"한 승지는 어디 갔는가?"
"죄인을 국문하느라 대궐에 있습니다. 어서 안으로 드시지요."

모처럼 오라비를 맞은 누이가 버선발로 뛰어나와 반갑게 맞이했다.

"그들이 무슨 죄인인가? 한 승지가 만일 그 사람들을 죽이면 만고의 죄인이 될 걸세."
"그 사람이 무슨 힘이 있다고 사람을 죽이고 말고 합니까?"
"이 사람이 뭘 모르고 있군. 장안의 힘깨나 쓴다는 사람들의 생사여탈권을 그 사람이 쥐고 있다는 소문이 도성에 파다한데 자네만 모르고 있군."
"오라버님도, 참. 시절이 어수선할 때는 거저 입조심이 최고입니다."

정보와 누이는 아버지는 같지만 어머니가 다르다. 정보의 서매 즉, 배다른 누이를 한명회가 꿰찼다. 첩의 딸로 태어나 첩이 된 것이다.

"거 쓸데없는 소리 말라우야, 내 입 가지고 말도 못한단 말이가?"

괄괄한 성미의 정보가 숨 돌릴 겨를 없이 강한 평안도 사투리를 거칠게 내뱉었다.

"집안이 풍비박산이 날까봐 그러지요."

누이가 눈을 흘겼다.

"니도 그놈의 녹을 받아먹더니만 달라졌구만이야."
"그놈이라니요? 남들이 들을까봐 두렵습니다."
"들으라면 들으라지, 내가 뭐 허튼 소리했나?"

정보가 자리에 앉지도 않고 도포자락 휘날리며 가버렸다. 주안상을 준비하려던 누이는 골목길로 사라지는 오라비의 뒷모습을 바라보며 입을 내밀었다.

땅거미가 짙어갈 무렵, 한명회가 퇴청하여 돌아왔다.

"영감은 언제 진짜 영감 소리를 들수?"
"거야, 도승지가 되면 듣게 되겠지…."
"내야 도승지가 되던 소도둑이 되던 알바 아니지만 녹이 언제 더

들어 오냐 그 말 입니다요.”

“그렇게 갖다 주었는데도 녹타령인가?”

“다다익선이라고 많으면 많을수록 좋지요. 호호호.”

“이제 바리바리 갖다 주는 자들이 있을 걸세.”

“‘그놈 녹을 받아먹더니만 변했다.’고 구박하는 사람이 있는데 이왕 욕먹을 바에는 많이 받고 싶습니다.”

“누가?”

“오라비가 다녀갔습니다.”

“전하를 그 놈이라고 하던가?”

“네.”

말은 뱉으면 주워 담을 수 없다. 누이가 손으로 입을 막은 것과 동시에 한명회가 일어났다.

언제부터인가. 뭇사람들이 자신을 ‘칠삭동이.’ ‘꼽추.’ ‘사람 잡는 백정.’ 이라는 험담과 비아양으로 심기를 자극해도 못들은 척 대범하게 흘려보내지만 자신이 주군으로 모시는 수양을 비하하고 모독하는 말을 들었을 때 참지 못하는 사람으로 변한 자신을 보고 놀랐다. 허니, 후회는 없었다.

남자와 여자가 혼인하거나 관계를 맺으면 동격이 된다. 본인이 그렇게 하지 않으려 해도 타인들이 그렇게 본다. 그래서 평범한 여자가 임금과 관계를 맺으면 후궁이 되고 승은을 입으면 귀인이나 빈이 되어 만인의 부러움을 한 몸에 받는다. 임금과 동격이기 때문이다.

정보는 자신의 서매와 관계를 맺은 한명회를 별로 좋게 보지 않았다. 첩의 딸과 운우의 정을 맺은 그 남자 역시, 그렇고 그런 부류이며 군자가 아니라는 생각이었다. 거기에 한 술 더 떠 수양의 장자방이 되어 장안을 휘젓고 다니니 명례궁의 개 취급했던 것이다.

정보의 언행을 괘씸하게 여긴 한명회가 입궐하여 수양에게 고했다. 평소 자신이 데리고 사는 여인을 얼매(孽妹)라고 차별한 정보에 대한 사적인 감정도 작용했다.

조선은 신분제 사회다. 사대부들은 층위가 다른 계층을 서얼이라고 멸시했다. 천대받는 서얼에도 차이가 있다. 양반 아버지가 양민 출신의 어머니에서 낳은 자식이 서자(庶子)이고, 노비나 기생 같은 천민 출신 첩에게서 낳은 자식이 얼자(孽子)다.

"정보가 전하를 감히 자(者)라고 막말을 하였습니다."
"이런 고얀 놈이 있는가? 그 놈을 당장 잡아 들여라."

정보가 잡혀 왔다.

"네 놈이 정녕 그 말을 했느냐?"
"평소에 성삼문, 박팽년을 성인군자로 생각하기 때문에 그런 말을 했습니다."
"지금도 그 소신에는 변함이 없느냐?"
"한 번 성인은 영원히 성인이고 군자는 영원히 군자입니다."

정조의 기개는 꼿꼿했다.

"생각을 바꾸면 살려줄 수 있다."
"없습니다."
"진정이냐?"
"네."
"저놈을 당장 능지처사에 처하라."

발끈한 수양의 명이 떨어졌다. 형졸들이 정보를 끌고 나갔다. 그의 뒷모습을 바라보던 수양이 한명회에게 물었다.

"저 자는 어느 집 자손인가?"
"정몽주의 손자입니다."
"뭣이라고? 그 얘기를 왜 이제 말하는가?"

수양이 자신의 명을 수정했다. 굴욕이다.

문종 1년, 임금이 도승지 이계전을 불렀다.

"고려 5백 년을 돌이켜보면 정몽주와 길재의 충절이 남보다 뛰어났으므로 우리 태종께서 정몽주를 추시(追諡)하셨고 길재를 복호(復戶)하시었다. 그 후손으로 지금 살아 있는 자는 몇 사람이나 있는가?"
"정몽주의 아들 정종성과 정종본은 모두 죽었고 정종성의 아들 정보가 있습니다."
"그 자를 서용하라."

문종의 특별 배려로 예안 현감이 된 정보는 수양에 의해 김종서가 참살 당하자 관직을 집어 던지고 야인생활을 하고 있었다. 그는 김종서 당파도 아니고 성삼문의 조직도 아니었다. 그저 비분강개하여 관직을 버린 것이다.

"충신의 후손이니 특별히 사형을 감하라."

건국 시기. 자신의 할아버지 태종에 의해 격살되었지만 태종이 당대에 충신으로 추증시키며 '나는 죽였으되 너희들은 포은처럼 충성하라.'는 태종의 용병술을 닮고 싶었다. 허나 의금부에서 반대하고 나섰다.

"정보가 역신 성삼문을 옳다고 하였으니 마땅히 베어야 하고 가산을 적몰하여야 합니다."
"장(杖) 1백 대를 때려 연일현 고을의 종으로 영속시키라."

수양이 한 발 물러섰다. 하지만 충성 경쟁에 돌입한 사정기관의 질주를 수양도 제어 하지 못했다. 맹목적인 충성에 탄력이 붙으면 최고 권력자도 통제하기 어렵다. 지평 김달전이 사헌부의 뜻을 가지고 아뢰었다.

"정보가 불충을 범했는데 형벌이 적당하지 않습니다."
"충신의 후손이니 죽이는 것은 불가하다."
"정보의 말이 간당을 두둔하였으니 청컨대 그 죄를 바로잡아 극형에 처하소서."

"적몰된 정보의 집은 전 소윤(少尹) 윤사흔에게 주고 더 이상 논하지 말라."

가까스로 수습한 수양이 대소신료를 소집했다. 살육 후속 조치를 취하기 위해서다. 영의정 정인지, 좌찬성 윤사로, 우찬성 정창손, 좌참찬 강맹경, 공조판서 김하, 호조판서 이인손, 병조판서 신숙주, 예조판서 박중손, 형조판서 성봉조, 병조참판 홍달손, 호조참판 홍원용, 예조참판 홍윤성, 이조참판 어효첨, 대사헌 신석조, 의금부 도제조 파평군 윤암, 장령 최청강이 속속 입궐했다.

"정창손은 좌익 삼등에서 이등으로 보국숭록대부(輔國崇祿大夫)를 더하고 김질은 특별히 죄를 사(赦)하여 공신으로 삼아 좌익 삼등으로 추록하고 판 군기 감사를 제수한다."
"성은이 망극하옵니다."

정창손의 목소리가 유난히 컸다. 한명회의 각본에 따라 움직였지만 칼 날 위에서 춤을 춘 것 같고 지옥과 천당을 오간 심정이었다.

"박팽년의 아내 옥금과 김종서의 아들 김승규 아내 내은비와 딸 내은금, 첩의 딸 한금은 영의정 정인지에게 주고 성삼문의 아내 차산과 딸 효옥은 박종우에게 주라. 또한 성삼문의 아우 성삼고의 아내 사금 및 한 살 된 딸은 우찬성 정창손에게 주도록 하라."
"성은이 망극합니다."

제일 많은 사람을 내려 받은 정인지가 희색을 감추지 못했다. 자신의 지아비를 죽음으로 내 몬 자의 여자가 돼야 하는 여인의 슬픔. 말해 무엇하랴.

"지금 금성대군 이유를 경상도 순흥, 한남군 이어를 함양, 화의군 이영을 전라도 금산, 영풍군 이전을 임실, 영양위 정종을 광주에 안치하니 그 고을의 수령에게 난간과 담장을 될 수 있는 대로 높고 견고하게 하고 내려간 뒤에는 외간 사람들과 서로 통하지 못하게 하소서."

의금부 도제조가 계청 했다.

"그리 하도록 하라."
"무녀 용안이 '상왕께서 금년에 복위하시는 기쁜 일이 있다.'고 요설을 퍼뜨렸으니 그 죄는 능지처사에 해당합니다."
"아뢴 데로 하여라."

애꿎은 무당이 사지가 찢어지는 참변을 당했다.

"집현전은 역도들의 소굴입니다. 혁파하소서."
"집현전을 파하고 그곳에 있는 서책은 예문관으로 옮겨라."

훈민정음의 산실 집현전이 한글을 창제한 군주의 아들에 의해 폐쇄되는 어이없는 일이 벌어졌다.

명나라 사신 운봉이 떠났다. 수양이 자행한 대학살을 현지에서 묵인해준 꼴이다. 수양이 직접 모화관에 나아가 전송하고 우의정 이사철, 호조판서 이인손, 도승지 박원형으로 하여금 벽제역에 나가 전송하도록 했다.

단종의 처가에 대전 승전색이 들이닥쳤다.

"판돈녕부사 송현수는 들라 이르십니다."

가슴이 덜컥 내려앉았다. 올 것이 왔다라고 생각한 송현수는 망연 자실했다. 끌려가 곤욕을 당하느니 자결할까 생각하던 송현수의 머리에 번개처럼 지나가는 것이 있었다.

"죄를 물으려면 의금부에서 나와야 하는데 왜 대전 내관일까?"

아무리 생각해도 답은 없었으나 불길한 생각은 떠나지 않았다. 행장을 갖추어 급하게 입궐했다.

"어서오시오. 여량군!"

군신(君臣)간으로 따지면 신하이지만 사돈으로 예우했다. 그 자리에는 임영대군 이구, 계양군 이증, 의창군 이공, 밀성군 이침, 연창위 안맹담과 우의정 이사철, 운성 부원군 박종우, 진무 황치신과 봉석주, 병조참판 홍달손과 승지 여러 명이 함께 있었다.

"역신들의 흉계를 처음 들었을 때에는 염려할 것이 못된다고 생각했으나 그 규모를 파헤쳐보니 놀랍고도 두려운 마음을 금할 수 없습니다."

판돈녕부사 송현수가 조심스럽게 말을 꺼냈다.

"옛 부터 역신은 있었으나 오늘과 같이 그 규모와 조직이 막강한 적은 없었다. 다행히 그 흉계가 미수에 그쳤으니 어찌 하늘의 도움이라 아니하겠느냐? 오늘같이 기쁜 날, 여러분과 한 잔 마시고 싶다. 술자리를 마련하라."

전악서 악공들의 풍악이 울렸다. 수양이 나인으로 하여금 송현수에게 술을 부어 올리게 하고 그 손을 잡았다.

"조정에서 모두 경이 역당의 모의에 참여하였으리라고 의심하였으나 과인이 듣지 아니한 것은 경이 나의 옛 친구인 까닭입니다."
"성은이 망극합니다."

왕비의 아버지 송현수가 머리를 조아렸다.

시간이 역사를 만들고 역사가 인간을 만들 것이다

건춘문에 벼락이 떨어졌다. 궁녀와 내관들은 두려움에 떨었고 궁노들은 마루 밑을 파고들었다. 소문은 빠르게 퍼져 나갔다. 백성들은 수양의 폭정에 하늘이 노한 것이라 수군거렸고 수양은 이를 애써 외면했다. 한양을 설계한 정도전은 도읍을 감싸고도는 성곽에 동·서·남·북문을 두고 궁성에도 4대문을 두었다. 경복궁 그 동쪽 문이 건춘문이다.

"과인이 왕업을 이어받아 밤낮으로 조심하고 두려워하였으나 건춘문에 벼락이 떨어졌으니 그 허물을 아무리 생각하여도 알 수 없다. 근자에 역적도당을 죽이고 귀양 보낼 적에도 너그러운 법전을 따랐다. 소소하게 관련된 자들은 불문에 부쳤으나 잡아 가둔 자가 하나 둘이 아니었으니 형옥이 알맞지 못하여 백성들의 원망과 탄식이 하늘에 이르지 않았나 생각한다. 정부와 육조 당상관들은 과인의 손이 미치지 못하는 것을 살펴 보필하라."

하늘의 운행을 살피는 곳이 서운관이다. 군주는 그들의 보고를 경청했다. 궐밖에 나기는 것도 그들의 조언을 존중했다. 가뭄과 홍수, 벼락, 지진 등 기상이변이 발생하면 부덕의 소치로 받아들여 몸을 낮추었다. 즐기던 술과 고기를 멀리하고 사람을 보내 백악과 목멱 등 명산에 제를 올리기도 했다. 헌데, 수양은 아니었다.

사하포(심양)

　'이유(李琠)를 조선국 국왕으로 책봉해주어 고맙습니다'라는 임무
를 띠고 명나라를 다녀오던 사은사 한확이 귀국하던 중 칠가령에서
병이 났다. 비상이 걸린 사신단은 한확을 객관이 있는 심양으로 옮
기던 중 사하포에서 죽었다. 사위인 왕세자와 세자빈이 자신의 집
을 찾아와 전송연을 베풀어줄 때만 해도 객사하리라고는 상상도 못
했다.

　"첩보에 의하면 동팔참(東八站)에 군마를 가진 도적들이 둔(屯)을 치
고 있다 합니다. 훈련받지 않은 호송군 2백 명으로는 그들의 공격을
막을 수 없사오니 평안도의 갑사와 별시위에서 날쌔고 용맹한 자 1
백 명을 차출하여 주시고 총통군 4명에게 화포를 가지게 하여 무예
가 있는 수령으로 하여금 호송케 하여 주옵소서."

압록강에서 산해관에 이르는 길은 하루 종일 걸어도 끝이 보이지 않은 평원을 지나고 험준한 산을 넘어야 한다. 그 중에서 천산산맥(千山山脈) 요소요소에 박혀있는 천연 요새는 도적들 소굴로 악명 높았다.

조선의 특산물과 진귀한 조공품을 바리바리 싣고 가는 조선 사신단은 그들의 좋은 먹잇감이었다. 치안 부재를 알고 있는 명나라 병부에서 요동에 있는 군사를 붙여주지만 그들과 한통속으로 털어가는 데는 당할 수가 없었다.

죄를 지은 자는 천둥번개가 칠 때 가슴이 쫄아 들고 산 밑을 지날 때 바위가 구르지 않을까 걱정이 태산이다. 자신의 목숨을 노리는 자가 있을까봐 단단히 준비하고 떠난 한확이 몸속의 적에 의해 불귀의 객이 되리라고는 아무도 예상하지 못했다.

조선 사신이 북경에 가기 위해 대궐을 떠날 때 융숭한 대접을 받는다. 임금이 직접 전송을 하는 경우도 있고 왕이 총애하는 대전 내관의 환송을 받는다. 돈의문을 나와 반송정에서 가족 친지들을 만날 때 한껏 고무된다. 수양의 외할아버지 심온은 여기에서 벌어진 너무 크고 화려한 환송연이 빌미가 되어 죽임을 당했다.

무악재 고개를 넘어 의주에 이를 때까지는 각 고을 수령들의 환송을 받으며 목에 힘을 줄 수 있다. 허나 압록강을 건너면서부터는 사정이 달라진다. 산해관까지 참(站)이 있는 여덟 군데에서는 객관이나 여관에 들어 잠을 잘 수 있지만 그 외는 노숙해야 한다. 조선 땅에서 떵떵거리는 고관대작도 나라 밖에 나가면 개고생이다.

비보를 받아 든 군부인은 슬픔에 빠졌고 수양은 한명회를 의주에 급파하여 시신을 정중히 운구하도록 했으나 백성들은 속으로 박수를 쳤다.

"벼락이 건춘문을 내리치더니만 한확을 잡아갔으니 그 다음은 누굴 잡아갈까?"
"그야, 한가 성 가진 놈 아니면 골골 한다는 쥐새끼겠지."

수양의 맏아들 도원군은 몸이 약해 병치레가 잦았다.

"도적질한 왕위를 천자에게 양위라고 읍소했다며?"
"도적질을 양위라고 하는 놈은 도적놈보다 더 날강도지."
"벼슬에 눈이 멀어 되놈들에게 누이를 팔아먹지를 않나, 도둑놈을 등에 업고 양심을 팔아먹지를 않나, 그런 파렴치한 놈은 잘 죽었다. 퉤."
"거, 그런 소리 마쇼. 나라가 작은 게 한이지 그 사람 잘못한 게 뭐가 있소?"
"명나라에서도 벼슬 받고 우리나라에서도 벼슬 받은 그놈이 결국 사대의 골을 깊게 했으니 매국노지 뭐유?"
"능력 있으면 할 수 있는 게지 뭐 그게 흠이유?"
"실력 있어 그렇게 했으면 나 말을 안 해, 누이 갖다 바쳐 그렇게 된 거 아니유?"

공녀로 바쳐진 한확의 누이가 황제의 여자가 되었다. 여자의 미모는 자산이라 했던가? 조선에서 바쳐진 여자였지만 출중한 미모가 황제의 눈에 띄어 후궁이 된 것이다. 이 때 명 태종 문황제가 한확에게 내려준 벼슬이 광록시소경이다.

"황제가 북경 들어와 벼슬하라는 것도 뿌리치고 조선에 있으면서 중국통으로 봉사한 것은 애국자지 뭐유?"

"애국자 좋아하시네. 중국에 간도 쓸개도 다 빼다 바친 게 애국이유?"

"대국 거슬러서 득 될 게 뭐가 있소? 그 사람이 그래도 북경 드나들면서 주물러놔서 요만큼이라도 태평한 거지. 되놈들에게 맞서보쇼. 벌써 귀싸대기 맞아도 허천나게 얻어터졌지."

"옛날에는 대륙과 당당히 맞서면서 살았잖수?"

"호랑이 풀 뜯어먹는 소리하고 있네. 뒤통수 치는 놈들이 있는데 맞서면 뭐하우? 지만 깨지지. 자존? 자주? 다 부질없는 소리우. 나라가 작은데 어떡할꺼요?"

신라가 당나라를 끌어드린 것을 우회적으로 비판했다.

"그건 패배에 찌들은 소심한 생각이오. 작아도 힘을 기르면 될 거 아니우?"

"힘 같은 소리하고 있네. 우리가 힘 기를 때 그놈들은 두 손 놓고 있다 합디까?"

"요행을 바라면 되지요."

"살다 보니까 곰 발바닥에 징 박는 소리 들어보겠네. 나라와 나라 사이에도 요행이 있수? 오로지 먹고 먹히는 힘뿐이우."

"우리가 힘을 기를 때 그들이 박 터지게 싸우고 있으면 요동 땅을 찾아올 수 있는 거 아니요. 그러면 되놈들하고 한 번 붙어볼만 하지."

고려 말. 요동 정벌론이 그랬다. 대륙의 맹주를 자처하던 원나라가 몽골 구석으로 패주하고 그 뒤를 명나라가 뒤쫓을 때, 요동은 무주공산이었다. 이 때 이성계를 장수로 내보내어 그가 패해도 나쁠 것이 없었던 최영과 사지에 들어가느냐? 마느냐? 압록강에서 고민하던 이성계가 군사를 돌렸다. 위화도 회군이다.

"꿈도 야무지요. 그들 집안싸움 나기를 바라기 전에 우리나 갈라지지 않았으면 좋겠수."

"맞는 말이요. 건국 초에도 대륙의 정세 변동을 모르고 친원이다. 친명이다. 싸우다가 주원장한테 혼구멍이 난 일이 있잖수."

고려를 뒤엎고 조선을 건국한 젊은 유학자들은 고민에 빠졌다. 대륙을 어떻게 볼 것인가? 친원 정책을 고수해야 한다는 의리파와 원나라는 스러져 가는 나라이니 떠오르는 새로운 맹주 명나라와 관계를 맺어야 한다는 친명파가 극렬하게 대립했다. 대세는 명나라였으나 원나라에 미련을 버리지 못하는 세력도 만만치 않았다. 주춤거리는 사이 돌아온 것은 권지국사(權知國事)라는 명나라의 외교 보복과 종계변무였다.

조선 사신들이 북경을 뻔질나게 드나들며 두 손이 닳도록 빌어 조선 임금을 임금으로 취급하지 않는 권지국사는 철회되었지만 종계변무(宗系辨誣)는 아직도 시정되지 않고 조선을 압박하고 있다. 자신들이 잘못 기록한 내용을 조선 길들이는 외교 무기로 삼는 중국이다.

명 태조 주원장을 기록한 명나라의 역사서 태조실록과 대명회전에 조선의 태조 이성계가 이인임의 아들로 기록되는 오류가 발생했다. 이것을 발견한 조선 조정에서는 명나라에 사신을 보낼 때마다 정정을 요구했으나 명나라는 들어주지 않았다. 자신들의 실수로 야기된 명백한 오류임에도 정정은커녕 그것을 조선 길들이는데 사용했다.

"그 때는 그때고 지금은 지금이우."
"지금이라고 뭐 달라진 게 있수? 세종대왕이 암글을 만들어서 명나라의 심기를 거슬러 놨는데, 두고 보쇼. 이런 식으로 명나라에 기어오르다간 된통 한 번 당할꺼요. 200년 내에 그런 일이 없으면 내 손에 장을 지지겠소."
"당신이 200년이나 살수 있간?"
"흐 흐 흐."
"히 히 히."

한확의 죽음을 놓고 저잣거리에서는 설왕설래 말들이 많았다. '매국노다', '애국자다' 상반된 주장이 봇물을 이루었다. 그러나 뚜렷하게 선을 긋는 정답은 없었다. 시간이 역사를 만들고 역사가 인간을 만들 것이다.

군부인은 시름에 잠겼다. 생물학적인 아버지가 돌아올 수 없는 먼 길을 떠났다는 슬픔만은 아니었다. 친정아버지 한확이 살아 있어야 자신의 아들을 왕의 자리에 밀어 올릴 수 있는데 한쪽 날개가 꺾였으니 힘을 쓸 수 없다는 것이 절망으로 다가왔다.

세월 보내며 꼼수 부렸지만 결과는 도적질

전 예문관 제학 윤사윤이 고했다.

"돈녕부사 송현수와 돈녕부 판관 권완이 반역을 도모합니다."

수양이 즉시 대소신료들을 불러들였다. 영의정 정인지, 우의정 정창손, 우찬성 신숙주, 우참찬 박중손, 병조판서 홍달손, 예조판서 홍윤성, 영중추원사 윤사로, 판중추원사 이인손, 공조판서 양정, 이조판서 권남, 병조참판 구치관, 형조참판 황효원, 도승지 한명회, 좌승지 조석문, 우부승지 권지, 동부승지 김질이 입시했다.

계유년 정난에 역할을 했던 사람들이 판서급으로 성장했고 한명회가 도승지를 꿰찼다. 뿐만 아니라 성삼문 사건에 불을 붙인 김질이 승지로 등장했고 사위를 등에 업었던 정창손은 우의정에 올랐다.

"송현수와 권완을 의금부에 하옥하라."

사간원과 사헌부를 양사(兩司)라 한다. 여기에 홍문관이 가세하면 삼사(三司)가 된다. 최고 권력자가 언론으로부터 추동력을 얻어 정치적인 사건을 처리하는 데는 이 정도면 충분하다. 여기에 더 욕심을 내면 홍문관이 빠지고 형조가 가담하는 삼성(三省)을 이용할 수 있다.

헌데, 일반 백성 김정수의 제보를 전 예문관 제학 윤사윤이 발고하는 형식을 취했다. 밑으로부터 올라오는 자연스러운 여론 냄새를 풍겼지만 뭔가 어색했다.

송현수와 권완은 운명적으로 만난 사람이다. 수양이 어린 조카를 장가들이려고 규수를 고를 때 마지막 간택에서 송현수의 딸과 권완의 딸이 마주쳤다. 경쟁자였다. 송현수의 딸이 왕비가 되었고 권완의 딸은 후궁이 되었다. 동시에 임금의 여자가 된 것이다. 허나, 하나는 왕비로 하나는 첩으로 운명이 갈렸다.

송현수와 권완을 조옥(詔獄)에 가둔 금부는 그들의 계집종 동백과 덕비를 잡아들였다. 영문도 모른 채 잡혀 들어온 그들은 두려움에 떨었다. 자신들이 갇힌 이곳이 제 발로 걸어 나갈 수 없는 의금부라는 것을 잘 알기 때문이다.

겁먹은 그들은 형졸들이 책상을 '탁' 치기만 해도 사시나무 떨 듯 떨었고 묻는 말에 "예, 예"로 답했다. 원하는 답을 받아 낸 의금부가 공초를 갖춰 보고했다.

"계집종들이 말하기를 권완의 집에 송현수가 드나드는 것을 보았다 하고, 권완이 실토하기를 '송현수와 밀통하면서 상왕을 다시 세우려 하였으나 쉽지 않았다' 하였습니다. 권완과 송현수를 능지처사하소서."

"송현수도 그리 자백했는가?"

"완강히 부인하고 있습니다."

"권완은 하옥하고 송현수는 방면하라."

송현수의 석방에 불만을 품은 대사헌 김연지와 좌사간 김종순이 상소를 올렸다. 대간이 본격 등장한 것이다.

"춘추전에 이르기를 '신(臣)은 역린하는 마음이 없어야 하며 역린(逆鱗)의 마음이 있으면 반드시 베어야 한다' 하였습니다. 또 이르기를 '벌이 죄에 합당하지 않으면 악한 짓을 징계할 길이 없다' 하였습니다. 엎드려 바라건대 송현수를 법대로 처치하여 나라의 법을 바로잡아 주소서."

"종들은 자복했으나 본인이 토설하지 않으니 죄 줄 수 없다."

수양이 살짝 비켜 갔다.

"송현수가 성삼문 반역에 가담하여 죽을죄를 지었으나 성상의 너그러운 은혜로 면죄하여 주었는데 이제 또 권완과 몰래 내통한 정황이 드러났습니다. 죄가 큰데도 죽기를 무릅쓰고 죄를 고백하지 않으니 청컨대 법에 의하여 단죄하소서."

"역모를 꾀하지 않았다 하지 않았느냐?"

"송현수가 대역의 죄를 두 번이나 범하였는데 두 번 다 용서하신다면 적(賊)을 치고 악(惡)을 징계하는 법이 무슨 소용이 있겠습니까?"

"세 번인들 못하겠느냐?"

"송현수가 죄를 자복하지 않는 것은 역설적으로 그 죄가 크기 때문에 죽을까봐 실토하지 않은 것입니다. 율문으로 결단하소서."

"증거 없는 징벌은 법치가 아니다."

수양의 윤허를 받아내지 못한 대소신료들이 표적을 바꿨다. 구중궁궐 깊은 곳에 홀로 있는 상왕이다. 각본에 따른 유도였는지 모른다. 의정부의 원로 정인지가 총대를 멨다. 우의정 정창손, 좌찬성 강맹경, 우찬성 신숙주, 좌참찬 황수신과 함께 몰려왔다.

"지금 상왕의 명위(名位)가 전하와 같아 이를 빌미로 난을 꾀하는 자가 있습니다. 성삼문의 대역이 그렇고 권완과 송현수의 역모가 그렇습니다. 상왕으로 하여금 한양을 떠나 다른 곳에 있게 하소서."

금기가 깨졌다. 상왕 폐출이다. 그것은 아직까지 아무도 거론한 바 없고 거론하는 것 자체를 금기시 했다. 금단의 언어에 족쇄가 풀린 것이다.

기다렸다는 듯이 호조판서 이인손, 이조판서 권남, 병조판서 홍달손, 예조판서 박중손, 공조판서 김하, 형조판서 성봉조, 이조참판 박원형, 호조참판 어효첨 등 정난의 주역들이 떼거지로 몰려왔다.

"두 임금 사이에 틈을 타서 난을 꾀하는 자가 있으니 청컨대 상왕으로 하여금 피하여 있게 하여 더 이상 불미스러운 일이 발생하지 않도록 하소서."

"과인과 상왕 사이에는 틈이 없다."

"비록 친 부자 사이라도 혐의스러운 일이 있으면 피하는 것이니 청컨대 신 등의 청을 따라서 종사의 계책을 공고하게 하소서."

"내 뜻에 변함이 없으니 경들은 다시 말하지 말라."

봇물이 터졌으니 시간은 수양 편이다. 서두를 것이 없다. 시간이 가면 해결해 준다. 수양과 신하들의 공방을 지켜보는 상왕과 의덕왕비는 바늘방석이었다. 내보내기 전에 나가고 싶었다. 허나, 그것도 마음대로 할 수 없는 일. 새장에 갇힌 새처럼 답답하기만 했다.

마지막으로 종실의 좌장 양녕대군이 나섰다. 양녕대군 이제는 수양의 아버지 세종대왕에게 왕위를 양보한 큰 어른이다. 수양도 무시할 수 없는 존재다. 양녕대군이 여러 종친을 거느리고 영의정 정인지, 문무백관과 함께 입궐했다.

"상왕을 궁에서 내보내소서."

이제는 수양도 자신의 장자방이 써준 답을 내놓아야 한다. 수순이다. 송현수를 거론한 것은 본론을 꺼내기 위한 변죽이었다. 수양이 기다렸다는 듯이 입을 열었다.

"성삼문이 '상왕도 모의에 참여하였다.' 실토하였고, 종친과 백관들이 합사하여 '상왕도 죄를 지었으니 도성에 있는 것은 적절하지 않다.' 고 여러번 청하였으나 과인이 윤허하지 아니하고 처음에 먹은 마음을 지키려 하였다.

허나, 오늘에 이르기까지 민심이 안정되지 아니하고 계속 잇달아 난(亂)을 선동하는 무리가 그치지 않으니 내가 어찌 사사로운 은의(恩誼)로써 나라의 큰 법을 굽힐 수 있겠는가? 이에 여러 사람의 의논에 따라 상왕을 노산군으로 강봉하여 궁에서 내보내 영월에 거주케 하고 의덕왕대비는 서인으로 강등하여 궁에서 폐출하라."

올 것이 왔다. 정난으로부터 3년 8개월. 참으로 먼 길 에둘러 왔다. '조카의 왕위를 빼앗았다.'는 손가락질을 받지 않으려고 세월을 보내며 꼼수를 부려봤지만 종착지는 찬탈(簒奪)이다. 역사는 행하는 자가 쓰지 않는다. 시대를 호흡했던 자는 역사에 부역할 뿐이다. 시간이 역사를 만들고 역사가 인간의 가치를 정의할 것이다.

백악의 우익이 인왕이라면 좌익은 매봉이다. 백악으로 달리던 삼각산 줄기가 타락으로 달리려다 잠시 쉬어가는 곳. 그곳에 매봉이 있다. 울창한 숲속에 자리 잡은 매봉은 솟아오르지 않고 평평한 봉우리다. 때문에 사람들은 남자의 기상을 닮은 백악을 양산(陽山)이라 부르고 매봉을 음산(陰山)이라 불렀다.

야심한 밤. 매봉에서 부엉이가 울었다. 궐 사람들은 궁궐의 뒷산 매봉에서 부엉이 소리가 들리면 불길한 징조라 여겼다. 울음소리도 음산하지만 '부~엉' 소리가 들리면 왕이나 왕비가 승하하거나 왕자들이 죽었다. 그래서 궁인들은 뒷산의 부엉이를 저승사자의 현신이라 생각했다.

구중궁궐 깊은 곳 수강궁. 상왕의 유폐 공간이다. 사람들의 접근을 막기 위하여 가장 깊은 곳에 있다. 시중드는 나인들을 제외하곤 하루 종일 찾아오는 사람도 없다. 적적하기 이를 데 없는 창살 없는 감옥이다. 상왕의 처소에도 밤은 깊어 갔다. 궁에서의 마지막 밤이다.

"전하! 옥체를 보존하소서."

의덕왕비 송씨가 하염없이 눈물을 흘렸다. 자신이 폐서인이 되어 궁 밖으로 쫓겨난다는 사실보다도 의지할 데 없는 어린 임금이 머나먼 타향 영월로 가게 된다니 가슴이 미어졌다. 마음 같아서는 따라가고 싶지만 그것도 나라에서 허락해 주어야 가능한 일. 마음대로 할 수 없다는 사실이 왕비를 통곡하게 했다.

조선 최초의 국모가 되어 대궐에 들어올 때는 온 세상을 품에 안은 듯 가슴 벅찼다. 훌륭한 왕비가 되어 백성을 어여삐 생각하는 국모가 되리라 다짐했다. 허나, 그것도 숙부에게 왕위를 물려주고 궁궐 깊은 곳에 유폐되면서 와르르 무너졌다. 이제 그것마저 허락되지 않고 생이별을 해야 한다니 하늘이 무너지는 것만 같았다.

"중전도 더욱 마음을 굳게 다지시오."

헤어지면 언제 다시 만날지 기약이 없다. 누나 같은 왕비였고 엄마 같은 중전이었다. 어린 임금에겐 소중한 여인이었다.

세상에 태어나던 이튿날 어머니 현덕왕후가 세상을 떠났고 어린 자신을 남겨두고 문종이 승하했다. 용상에 올라 만인지상이 되었지만 하늘 아래 천애고아였다. 누이 경혜공주가 있지만 만날 길이 없다. 의지했던 매형 영양위 정종은 귀양살이 떠났다. 세상에 의지할 곳이란 왕비밖에 없었다.

정업원 구기

여명이 밝지 않은 이른 새벽. 뜬눈으로 밤을 새운 의덕왕비가 궁을 나섰다. 호송단을 꾸려야 하는 상왕보다 먼저 궁을 나선 것이다.

궁을 나온 의덕왕비는 흥인문 밖 정업원에 들어갔다. 정업원은 태조 이성계가 세운 궁궐 여인들의 노후 안식처다. 맨 처음 들어간 여인은 공민왕이 총애했던 혜비였다. 멸망한 고려 왕실의 여인들을 홀대한다는 비난을 면하기 위하여 이성계가 정업원을 개설했지만 그 이면에는 혜비와의 특별한 인연이 작용했다.

노국공주와 혼인한 공민왕은 8년이 되어도 후사가 없자 아들을 낳기 위하여 여자를 들였다. 이 때 들어온 후궁이 혜비, 익비, 정비, 신비다. 허나, 이들도 회임 기미가 없었다. 뒤늦게 자신에게 결함이 있다는 것을 자각한 공민왕은 자제위(子弟衛)를 설치했다.

준수한 젊은이들을 뽑아 좌우에 둔 공민왕은 후궁들에게 이들과 동침할 것을 명했다. 야심많은 홍륜은 익비를 임신시켜 궁궐을 소용돌이에 빠트렸다. 이때 끝까지 왕명을 거역한 여자가 혜비였고 그녀의 뒤를 봐준 사람이 이성계였다. 여자는 정절을 지켰고 이성계는 성지석 녹석을 날성했다.

이러한 정업원에 자신의 막내 딸이 들어가리라고는 태조 이성계도 상상하지 못했다. 이성계의 셋째 딸로 태어난 경순공주는 흥안군 이제와 혼인했다. 이방원이 왕자의 난을 일으켜 방석과 그의 매부 이제를 주살했다. 어느 날 갑자기 지아비와 형제를 잃고 망연자실한 경순공주의 머리를 이성계가 손수 깎아주었다. 그리고 명했다. 정업원에 들어가라고.

정업원에 들어간 의덕왕비는 마음이 편하지 않았다. 자신을 궁에서 쫓아낸 권력가(家) 집안 딸의 환영이 어른거리는 정업원이 싫었다. 근처에 초막을 짓고 기거했다.

곤궁하게 살고 있다는 보고를 받은 수양이 식량과 옷감을 내려주었으나 받지 않았다. 목구멍에 거미줄이 치는 한이 있어도 그 식량으로 풀칠을 하고 싶지는 않았던 것이다.

스스로 길쌈을 하고 채소를 심었다. 찬물 한 번 만져보지 않았던 손이 천연 물감을 만지며 형형색색 물들어 갔다. 궁에서 데리고 나온 시종이 옷감과 채소를 아랫마을 여인시장에 내다 팔아 식량을 사왔다. 궁중 생활을 하던 왕비에게는 벅찬 일이었다. 소문을 접한 주변의 아낙들이 식량과 푸성귀를 가지고 찾아와 왕비를 위로하고 함께 슬퍼했다.

왕의 죽음

영도교에서 가슴 시린 이별을 남기고

살곶이다리(전곶교)

왕십리를 통과한 행렬이 살곶이 다리에 이르렀다. 세종이 도성을
드나드는 백성들의 불편을 덜어주기 위하여 공조판서 박자청에게
특별히 명하여 공사를 시작한 다리다. 허나, 258척(78m)에 이르는 강
폭이 너무 길어 세우면 폭우에 무너지고 세우면 무너졌다. 토목 공
법이 홍수의 벽을 넘지 못하고 앙상하게 교기(橋基)만 남아 있었다.
임시로 만들어 놓은 나무다리를 건넜다.

드넓은 벌판이 시야에 들어왔다. 군사 훈련용으로 쓰던 강무장이다. 중랑천 둑방은 긴고랑 따라 산으로 연결되어 있었다. 왕실 사냥터로 쓰이던 구의동 능선과 아차산이다. 할아버지 세종의 손을 잡고 사냥 구경을 하던 모습이 생생하게 되살아났다.

화양정에 도착했다. 세종이 즐겨 이용하던 별장이다. 수양이 특별히 환관을 파견했다.

"상왕 전하를 정중히 모시라는 명을 받들고 왔습니다."

비록 노산군으로 강등되었지만 환관 안노(安璐)가 상왕으로서의 마지막 예를 갖추었다.

"아니 와도 되련만 무거운 발걸음을 시키셨습니다."

환송연이 시작되었다. 군사들 밥을 먹이고 간단한 연회가 베풀어졌다. 허나, 웃음 없는 잔치였다. 수양이야 면피하기 위한 환송연이었지만 유배 떠나는 노산군은 즐거울 리 없다.

"성삼문의 역모를 알고 계셨습니까?"

안노가 불쑥 물었다. 여기까지 와서 뭘 알고 싶다는 것인지 알다가도 모를 일이다. 다 지나간 일 알아서 뭐 하겠다는 것인지 불쾌했다.

"알았던들 어떠하리 몰랐던들 어떠하리

가신 남 살아올 수 없고 산 남 떠나는데

떠나간 기러기는 언제 다시 돌아오려나"

시 한 수를 남긴 단종이 서둘러 자리에서 일어났다. 기다렸다는 듯이 호송대장 김자행이 발걸음을 재촉했다. 해가 중천을 지날 무렵 광나루에 도착했다.

광진(겸재/정선) 간송미술관 소장

한강에는 광진, 광나루, 송파나루, 삼전도, 삼밭나루, 한강나루, 사평도, 서빙고나루, 동작진, 동재기나루, 노들나루, 삼개나루, 밤섬나루, 서강나루, 양화도, 버들고지나루가 있다. 위치도 다르고 쓰임새도 각각 다르다. 크고 작은 나루 중에서 도(渡)에는 도승관이 있고 진(鎭)에는 수군이 주둔하고 있다. 진(津)과 진(鎭)을 겸하고 있는 광나루는 군사 요충이다.

나루에는 세 척의 배가 대기하고 있었다. 노산군과 판내시부사 홍득경, 시종 나인들이 탈 맹선(猛船)을 개조한 군선. 호송 총책임자 어득해와 군관 김자행, 그리고 호송 군사들이 탈 나룻배. 군마와 수레 그리고 식량을 싣고 갈 거룻배. 이렇게 세 척의 배가 잔잔한 강물 위에 머리를 맞대고 있었다.

일행이 승선하자 수군들이 기다렸다는 듯이 닻을 올렸다. 삿대를 강안에 들이밀자 육중한 몸이 움직이기 시작했다. 탄력을 받은 배가 서서히 강심으로 나아갔다. 때마침 하늬바람이 불어왔다. 바람을 기다리던 수졸의 영이 떨어졌다.

"돛을 올려라."

수군들의 손과 발이 일사분란하게 움직였다. 한 때는 용상에 있었던 높으신 분을 태워 황송해서일까? 황포 돛단배가 부드럽게 강심으로 미끄러졌다. 단종이 고개를 들었다. 아차산이 시야에 들어왔다. 도성에서 보면 해가 뜨는 산이다.

"언제 다시 보려나?"

아차산성

　한반도의 중심은 한양이다. 한양을 차지한 자가 한반도의 주인이
라는 설이 있었다. 한성백제가 한양을 차지하고 있을 때 장수왕이
쳐들어왔다. 고구려의 남진 정책이다. 아차산에서 일합(一合)을 겨룬
개로왕은 죽임을 당했고 백제는 웅진으로 천도했다. 그 이후 백제는
한양 땅을 밟아보지 못했다. 순간, 보따리 싸서 남녘으로 내려가던
백제의 모습과 자신이 닮았다는 생각이 뇌리를 스치고 지나갔다.

　고개를 숙였다. 물빛이 눈부시게 푸르다. 한강 물이 이렇게 푸르다
는 것은 예전엔 몰랐다. 강물이 뱃전에 부서지며 포말을 일으켰다.
기포가 만들어지고 터지는 모습을 물끄러미 바라보았다. 거기에 하
얀 얼굴이 만들어졌다 부서지고 부서졌다 만들어졌다. 자세히 바라
보았다. 여인이 하얀 이를 드러내며 웃고 있다. 더 가까이 접근했다.
보이던 포말이 사라져 버렸다. 다시 한 번 쳐다보았다. 거기에는 중
전 송씨가 하얗게 웃고 있었다.

뱃머리에 부서지는 물결에 그려지는 얼굴

미사리를 지난 배가 도미나루에 도착했다. 승객 없는 나룻배가 졸고 있는 한적한 나루다. 수군들이 물을 마시며 휴식을 취하는 사이 고개를 들어 강 건너를 바라보았다. 지나는 과객들이 임금이 계신 한양을 바라보며 예를 갖추었다 하여 예봉이라는 이름을 얻은 산이 시야에 들어왔다. 시선을 내렸다. 조개껍질을 엎어 놓은 듯 한 초가집 몇 채가 옹기종기 모여 있다. 바댕이(八堂) 마을이다. 시선을 강물에 띄웠다. 여울지는 강물 위에 한 여인의 얼굴이 겹쳐왔다.

미모가 빼어난 부인이 있었다. 그 부인에게 흑심을 품은 왕이 여인의 지아비에게 제의했다.

"네 아낙이 나의 유혹에 넘어오면 부인을 나에게 주고 정절을 지키면 벼슬을 내리겠다."

왕과 백성은 갑과 을이다. 마지못해 응한 도미의 마음은 까맣게 타들어 갔다. '여자의 마음은 갈대라는데… 혹시?' 하지만 도미는 희망을 잃지 않았다. 결정적인 순간, 기지를 발휘한 부인이 몸종을 단장시켜 왕의 잠자리에 밀어 넣어 위기를 모면했다.

사실을 뒤늦게 안 개루왕은 대노 했다. 도미의 두 눈을 뽑아 작은 배에 실어 하류로 흘려보내고 부인을 겁탈하려 했다. 이 때 부인의 기지가 또 한 번 번득였다.

"지엄하신 몸, 목욕재계하고 받들겠나이다."

입이 귀에 걸린 개루왕은 목욕을 허락했다. 왕궁을 벗어난 여인은 이곳 나루터까지 앞만 보고 뛰었다. 허나, 나룻배는 없었다.

군사들은 쫓아오고 배는 없고 절망이다. 기도했다. 하늘이 감읍했을까. 상류에서 배가 한 척 떠내려왔다. 그 배를 타고 하류로 내려간 부인은 아내를 포기하지 않고 기다리던 지아비를 만났다. 하지만 남편은 소경이 되어 부인을 볼 수 없었다.

세자 시강원 시절, 삼국사기에서 도미부인을 읽었다.

"나는 군주가 되더라도 부인 하나만 사랑하리"

라고 다짐했다. 각오가 주효해서일까? 나이가 어려서일까? 후궁으로 뽑힌 두 여인은 출궁 당할 때 까지 처녀였다. 그 도미부인의 전설이 깃들어 있는 나루터를 지나니 감회가 새로웠다.

3년 후, 도미나루를 지나던 26세의 젊은 청년이 시 한수 읊었다.

도미나루 물은 이끼보다 파란데
관동 가는 길은 멀기도 멀구나

등 뒤에 지팡이 비껴 멘 나그네
강 그림자에 부질없이 배회 하네

김시습이었다. 님 향한 일편단심으로 수락산에 은거하던 그가 강
원도로 떠나면서 단종의 발자국을 밟은 것이다. 설잠(雪岑)이라 자칭
하며 팔도를 떠돌던 그가 도미나루에서 무슨 생각을 했을까?

배알미동

도미 나루를 떠난 배가 배알미동에 이르렀다. 강 언덕에 사람들이
구름처럼 몰려나와 있었다. 봉학골·샘재·작펑·창모루·고양골·가지
울·거문다리·굽들이·어둔이골은 물론 조금 멀리 떨어진 장례말 사람
들까지 몰려나왔다. 억울하게 귀양 가는 임금에게 마지막 하직 인사
를 드리려고 몰려나온 것이다.

원래 배알미동은 관직을 마친 관리가 낙향하거나 귀양 갈 때 한양을 향해 마지막으로 임금에게 인사를 올리던 곳이라 하여 배알미라는 이름을 얻었으나 오늘은 다르다. 임금이 죄 아닌 죄를 얻어 귀양을 가니 누구를 향해 배알할 것인가? 백성들은 그것을 알고 있었다.

배알미동을 지난 배가 남남동쪽으로 방향을 꺾었다. 조금 더 나아가니 예빈산 자락 양지바른 곳에 꽤 큰 묘가 도드라져 보였다. 초계 중계 하계로 구획하고 석물을 갖춘 웅장한 묘역이었다.

"누구의 사후지지입니까?"
"좌의정 한확의 묘입니다."
"도원군 형님의 빙장어른 말씀입니까?"
"그렇습니다."

단종 어릴 때 가장 따르던 형이 수양의 맏아들 도원군이다. 그 역시 어린 임금을 깍듯이 예우했고 조카를 흔들려는 아버지를 못마땅하게 생각했다. 허나, 대세는 거역할 수 없는 일. 용상에 있던 아우는 유배 길에 올랐고 아버지를 미워하던 아들은 세자에 올랐다. 의경세자다.

"꽤 크군요."
"그래서 마을 이름이 능내리가 되었다 하옵니다."
"그래요?"

반문하는 단종의 얼굴이 유쾌하지 않은 낯빛이다. 아버지 문종을 따라 태조 이성계의 건원릉을 가보았고 할아버지 태종의 헌릉과 세종의 영릉을 참배했다. 그리고 얼마 전에 승하한 아버지 문종의 현릉도 다녀왔다. 그에 못지않게 큰 묘역인 것 같았다.

한확 묘

비록 귀양 가는 군주이지만 왕실 법도와 사대부의 도리를 꿰뚫어보고 있는 단종이다. 부귀영화를 누린 자라도 임금 앞에선 한낱 신하에 불과 하다. 때문에 고위 관식을 엉위한 사내부라도 왕릉을 넘어설 수 없다.

"장명등과 문인석은 세웠으나 곡장을 두르지 않았고 석수와 무인석은 세우지 않았다 합니다."
"당연한 것을 무엇 하러 말씀하십니까?"

왕릉이 아닌 일반인들의 묘에 호랑이나 말 등 동물의 형상을 세우거나 투구에 칼을 짚고 서있는 무인석을 세우는 것은 금기사항이다. 군권에 도전한다는 의미를 내포하고 있기 때문에 역모죄로 처벌의 대상이다.

"편히 쉬시오."

단종이 혼잣말처럼 읊조렸다. 조선 왕실과 인연을 맺었던 가문은 멸문지화를 당했다. 신덕왕후를 배출한 강씨가 그랬고, 원경왕후의 친정 민씨가 그랬다. 수양의 외가 청송 심씨도 그 화(禍)를 피해가지 못했다. 노산의 처가 송씨는 화중(禍中)에 있고 한확은 진행 중이다.

임금의 장인이 되고 싶어 실력자의 아들을 사위로 삼았다. 그 사위가 세자에 올랐다. 세자 사위가 용상에 오르고 못 오르고는 하늘의 뜻이다. 천명(天命)을 못 보고 하늘의 부름을 받았지만 지하에서도 기대할 것이다. 훗날, 천하의 장자방 한명회도 부관참시를 당했는데 한확은 비켜 갔다. 묘를 잘 써서일까? 인수대비라는 걸출한 딸이 있어서일까? 알다가도 모를 일이다.

배가 북동쪽으로 방향을 잡았다. 지금까지 보이던 삼각산이 거짓말처럼 사라지고 예빈산이 눈 앞을 가렸다. 빈과 봉은 쌍둥이 산이다. 그래서 예빈산과 예봉산이다.

녹운탄(綠雲灘 겸재/정선) 간송미술관 소장

경안천이 합류하는 지점을 통과했다. 눈앞에 수려한 경관이 펼쳐졌다. 기암괴석이 병풍을 두른 듯 자태를 뽐내고 깎아지른 절벽에 뿌리 내린 한 그루 소나무가 일품이었다.

"이곳이 어디오?"
"녹운턴이리 하옵니다."

홍득경이 두 손을 모았다.

"금강산을 그림으로 보았는데 그에 못지않을 듯 하오."
"한강 팔경 중 으뜸입니다."

녹운탄을 지나 약간 북상하니 북한강 물줄기와 남한강 물줄기가 서로 만나 어깨를 부딪치며 춤을 추고 있었다. 일렁이는 물결 소리와 함께 아름다운 춤사위였다. 그들 만남을 바라보는 순간, 부인 송씨가 눈앞에 어른거렸다.

　한양 상공에 머물던 비구름 형제가 서쪽에서 불어오는 바람에 밀려 동쪽으로 흘러갔다. 형제애도 백두대간 영마루가 고비다. 이별의 순간이 왔다. 손을 꼭 잡은 모습을 시기한 바람이 훼방을 놓았다. 빗방울이 되어 영서에 내린 형은 서해로 흘러갔고 영동에 내린 아우는 동해로 흘러 태평양으로 나갔다. 두 형제가 언제 다시 만날런지 알 수 없다.

　행운의 형제도 있었다. 영서에 내린 형제 구름이다. 금강산에 내린 형은 북한강을 타고 내려왔고 태백산에 내린 아우는 제당궁 샘에 현신했다 지하로 스며들어 검룡소에서 다시 솟아올랐다. 그리고 흘러 흘러 형제는 만났다. 두물머리에서. 이렇듯 하잘 것 없는 빗방울도 서로 만나 기쁨을 노래하는데 잠시 헤어진 부인과 만나지 못할 이유가 없을 것 같았다.

　순풍을 만난 배는 남한강을 미끄러져 갔다. 힘을 쓰고 노를 젓던 수졸이 잠시 휴식을 취하는데 입이 간지럽다.

　"저기 언덕 넘어 마을에 태종임금께 미움 바친 양녕대군이 유배와 살았는데 여자가 보고 싶어 도망갔더래요."

누가 묻기라도 했나. 주책없이 시키지도 않은 말을 했다. 틀린 말은 아니었다. 하지만 이 엄중한 시간에 단종 할아버지에 대한 뒷담화를 왜 하는지 알 수가 없다. 귀양 떠나는 단종을 능멸하기 위한 것인지 분위기를 파악하지 못한 푼수 없는 말 실수인지 알 수 없다.

태종 18년 양녕대군이 곽선의 첩이었던 '어리'를 궁으로 불러들여 대궐을 발칵 뒤집어 놓았다. 삼사(三司)가 들고 일어나 세자를 탄핵하자 진노한 태종이 양녕을 폐세자하여 경기도 광주군 방배동으로 내쫓았다. 궁을 나선 양녕은 도성을 다시는 바라보지 않겠다며 방배(方背)했다.

양녕은 방배동에서 자숙하지 않고 자유분방한 생활을 하며 말썽을 부렸다. 이에 화가 치민 태종은 더 멀리 내쫓으라며 경기도 이천으로 이배 했다. '어리'가 보고 싶어 유배지에서 탈출한 양녕이 한강을 건너 아차산에 숨어있다 잡혔다. 왕위에 오른 세종이 양녕을 궁으로 모셔와 융숭히 대접하며 형제의 우의를 다졌다.

"입 닥치지 못할까."

홍득경의 한마디에 수졸의 목이 움츠러들었다.

땅거미가 짙어갈 무렵 이포나루에 도착했다. 강원도의 목재와 경기도의 곡물이 집산되는 번성한 나루다. 이포에서 하룻밤을 묵은 노산군 일행은 배를 버리고 말을 탔다. 흥원창이 있는 흥호나루까지 배로 갈 수 있지만 가뭄으로 수심이 얕아 육로를 택한 것이다.

여주 상구리에 도착했다. 군사들이 다리쉼을 하는 동안 목을 축였다. 목 넘김이 부드럽고 깨끗했다.

"어! 시원하다."
"사람들이 어수정(御水井)이라 부르겠습니다."
"난, 임금도 아니고 귀양 가는 몸인데 어수정은 무슨?"
"이런 두메산골에서야 용상에 계셨던 분이 마시기만 해도 영광입지요."

홍득경이 너스레를 떨었다. 원통 고개를 넘은 행렬은 흥호리에서 1박하고 단강리에서 하룻밤을 보냈다. 이제부터는 험악한 산악지형이다. 말을 버리고 나귀를 탔다. 말은 평야는 잘 달리지만 가파른 언덕에서는 힘을 못 쓴다.

고개를 내려와 화당리에서 하룻밤을 묵은 행렬은 구령재를 넘고 용암리를 지나 신림에 도착했다. 하룻밤을 묵은 일행은 발걸음을 재촉했다. 이제까지는 백운산 자락을 끼고 돌았지만 이제부터는 더 험준한 감악산을 넘어야 한다. 고개를 내려오면 또 다시 고개가 나타났다. 싸리치를 넘고 솔치를 오르니 갈증이 밀려왔다.

"주천의 물맛은 조선의 으뜸입니다."
"그렇게 좋은가?"
"같은 재료로 담궈도 이곳 물로 담그면 명주(名酒)가 된다하옵니다."

홍득경이 물그릇을 올렸다.

"과연 명물(明水)이구나."

단종이 사발을 내려놓으며 감탄했다.

"후세 사람들이 어음정(御飮井)이라 이르겠습니다."
"또 어음인가?"

단종이 장난기 어린 눈으로 홍득경에게 핀잔을 주었다. 이 모습을 먼발치에서 바라보던 김자행이 끼어들었다.

"귀하신 몸, 해갈지처라 하겠지요."

조롱인지 비아냥인지 알 수 없다. 신흥역에서 하룻밤을 묵고 공순원에서 마지막 밤을 보냈다. 이제부터는 영월 땅이다. 유배지가 멀지 않았다. 단종도 지치고 호송하는 군사들도 다리가 풀렸다. 고개마루에 올랐다. 솔바람이 상쾌하다.

"이 고개는 무슨 고개인데 이다지도 험준한가?"
"아직 이름은 없으나 마마께서 오르셨으니 사람들이 군등치(君登峙)라 부를 것입니다."
"내가 용포를 벗은 지 얼마인데 임금이란 말인가?"
"노산군도 군(君)입지요."

김자행이 감히 어느 안전이라고 능쳤다. 하지만 어제는 상감이었지만 오늘은 노산군이다. 지위가 언어를 선택하고 선택된 언어가 지위를 말한다.

"후세 사람들은 나를 노산군으로 기억하기보다 군주로서 기억할 걸세."

꼭 그렇게 말하고 싶었으나 말이 목구멍을 넘어오지 않았다.

배재고개에 세워진 단종 조형물

배재고개에 이르렀다. 단종이 나귀에서 내렸다. 먼 하늘을 바라보던 단종이 의관을 정제하고 무릎을 꿇었다. 그리고 절을 올렸다. 예상하지 못했던 돌발행동에 모든 사람들의 시선이 쏠렸다.

"임금이 계신 곳에 절을 올리셨습니까?"

김자행이 야릇한 미소를 흘렸다. 수양을 임금으로 인정하느냐는 비웃음이었다.

"서쪽 하늘에 해가 있지를 않습니까?"

뼈 있는 한 마디에 말을 잃은 김자행이 입을 닫았다.

갈골, 옥녀봉, 선돌, 문개실 마을을 지나 청령포에 도착했다. 한양을 떠난 지 7일만 이다. 포구는 잔잔하고 나룻배 한 척이 외롭게 떠 있다.

"산세가 드세 보이는데 이름을 뭐라 하는가?"
"도산(刀山)이라 하옵니다.

영접 나온 강원도 관찰사 김광수가 머리를 조아렸다.

"길 도(刀)자가 제격이군요."
"지명에는 다 유래가 있습죠."

동문서답인지 현문우답인지 알 수 없다.

"깎아지른 절벽에 대여섯 개의 봉우리가 있는 모습이 육지고도(陸地孤島)같소이다."

관찰사와 한양에서 내려온 관리들이 아뭇소리 못하고 있을 때 나룻배가 가까이 왔다.

"오르소서."

일다경(一茶頃)도 되지 않은 짧은 시간에 배가 건너편 모래사장에 닿았다. 배에서 내렸다. 자갈밭이 질펀하게 펼쳐져 있었다. 자갈밭을 지나 조금 가니 기와집 한 채와 초가집 한 채가 덩그렇게 자리 잡고 있었다. 꽤 오래된 집이었다. 기와집을 보는 순간 뒤통수를 얻어맞은 듯 했다.

"숙부는 '성삼문이 상왕을 복위하려는 음모를 꾸몄기에 나를 노산군으로 강등시키고 영월로 보낸다고 했다.' 그 얘기를 듣는 순간 삼문이 경솔하지 않았나? 생각해보기도 했다. 헌데, 이 집은 꽤 오래전에 지어진 집이 아닌가? 이렇게 험악한 곳에 사람이 살 집을 지었을 리 없다. 그렇다면 삼문은 구실에 불과했단 말인가? 그래도 숙부이기 때문에 믿고 싶었다. 허나. 이제 접어야겠다. 성삼문 사건 이전부터 이미 날 여기로 보내려는 계획이 있었다는 증거가 바로 이 집이지 않은가?"

밤이 깊었다. 잠이 오지 않는다. 밖으로 나왔다. 관음송 솔바람이 스산하다. 이 밤, 중전 송씨는 무얼 하고 있을까? 보고 싶다. 하늘을 바라보았다. 은하수에서 송씨를 닮은 별이 쏟아지고 있었다.

청령포의 한

청령포

11살 어린 소년이 조선 제6대 왕으로 등극했다. 단종은 조선 역사 상 가장 완벽한 무결점의 왕이었다. 아버지 문종도 할아버지가 왕자 시절에 궁 밖에서 태어났다. 할아버지 세종도 이방원이 왕자 시절에 궁 밖 준수방(통의동)에서 태어났으나 단종은 아버지 문종이 세자로 국정에 참여하고 있을 때, 경복궁 자선당에서 태어났다. 적장자에 왕수저를 물고 궁궐에서 태어난 것이다.

세종의 귀여움을 독차지하며 자란 단종은 병약한 부왕이 즉위 2년 만에 승하하자 왕위에 올랐다. 자신의 단명을 예견한 문종이 영의정 황보인, 좌의정 남지, 우의정 김종서를 불러 어린 단종을 잘 보필 해 줄 것을 당부했으나 대궐의 공기는 음산했다.

일단의 무리들이 장군 출신 우의정의 사저를 급습하여 김종서와 그의 아들 김승규를 죽였다. 계유정난이 발발한 것이다. 모반을 꾀하는 김종서를 왕실의 안위를 위하여 주살했다고 강변한 수양대군은 조정 대신들을 대궐로 불러들여 사전에 작성된 살생부에 따라 영의정 황보인, 이조판서 조극관 등을 궐문에서 죽였다. 이 때 살생부를 작성한 사람이 한명회다.

한 치 앞을 내다볼 수 없는 안개 정국에서 보위에 앉아 있는 것이 바늘방석이었다. 쿠데타 세력의 강압을 견디지 못한 단종이 숙부 수양대군에게 양위하고 상왕으로 물러앉았다. 안평대군을 강화도로 유배시켜 사사시킨 수양대군은 성삼문 박팽년 등 사육신이 꾀한 단종 복위 운동을 피로 짓밟았다.

단종이 도성에 있는 것을 목에 가시처럼 생각한 수양은 상왕을 노산군으로 감봉하고 '먼 곳에 부처 하라' 명했다. 창덕궁을 나선 단종이 흥인문을 빠져나와 영도교를 건너려 할 때였다. 버선발로 뛰어나온 여인이 있었다. 궁에서 쫓겨나와 정업원에 기거하고 있던 정순왕후였다. 부인과 마지막 이별을 나눈 단종은 화양정에서 송별연을 받고 광나루에서 배를 탔다.

유배지에 도착한 단종은 잠을 이룰 수 없었다. 무엇이 잘못되어 자신이 절해의 고도와 같은 청령포에 와있는지 도무지 이해 할 수 없었다. 떠오르는 것은 할아버지 세종과 부인 정순왕후 얼굴이었다.

한 마리 원한을 품은 새가 제궁을 나온 뒤로
(一自寃禽出帝宮)

외로운 몸 외로운 그림자 산 중에 이르노니
(孤身隻影碧山中)

밤마다 잠을 청 하건만 잠은 오지 아니하고
(假眠夜夜眠無假)

달하도록 맺힌 한은 해를 지나도 다함 없네
(窮恨年年恨不窮)

소리 끊어진 새벽 봉우리엔 조각달만 비치고
(聲斷曉峰殘月白)

피 흘린 듯 봄 골짜기엔 떨어진 꽃잎이 붉도다
(血流春谷落花紅)

귀머거리 하늘은 애달픈 호소 듣지 못하는데
(天聾尙未聞哀訴)

근심어린 이사람 귀만 어찌 홀로 밝단 말인가
(何奈愁人耳獨聰)

단종이 부처 되었던 청령포 어가

단종이 유배지에 부처되어 있을 때 금성대군이 주도한 복위운동이 발각되어 금성은 사사되고 단종은 노산군에서 서인으로 감봉되었다. 때마침 홍수에 청령포가 침수되어 단종은 영월 관아인 관풍헌에 피양 나와 있었다. 단종은 매죽루에 올라 시름을 달랬다.

하얗게 달 밝은 밤 자규새 울제
(月白夜蜀魂啾)

시름 못 잊어 누마루에 의지하니
(念愁情倚樓頭)

네 울음이 어찌 슬픈지 괴롭구나
(爾啼悲我聞苦)

네소리 듣지 않음 내시름 없으련만
(無爾聲無我愁)

이 세상 괴로운 이에게 부탁하노니

(寄語世上苦勞人)

춘삼월 자규루 오르지 않음이 좋으리

(愼莫登春三月子規樓)

   조카의 왕좌(王座)를 찬탈하고 왕위에 오른 수양대군은 밤마다 악몽에 시달렸다. 특히 형수 되는 단종의 어머니 현덕왕후가 나타나서 독설을 퍼붓고 침을 뱉을 때에는 비명을 지르고 몸부림을 쳤다.

   백악산 아래 경복궁에 땅거미가 찾아들고 어둠이 내려앉았다. 침소에 든 수양이 어슴프레 잠이 들었을 때였다.

   "네 이놈! 네놈이 어떤 놈이라고 감히 여기에 누웠느냐? 냉큼 일어나지 못할까?"

   현덕왕후였다. 24세에 단종을 낳고 산후병으로 세상을 떠난 형수였다. 생후 2일 만에 엄마를 잃은 단종은 할머니 되는 세종 왕비 소헌왕후와 후궁 혜빈 양씨 손에서 자랐다.

   "네, 네. 일어납지요."

   수양은 형수 앞에만 서면 작아졌다.

   "여기는 임금만이 누울 수 있는 강녕전이다."
   "녜, 알겠습니다."

예전에 형이 왕이었고 형수가 왕비였다. 그들 앞에는 수양 역시 신하였다. 지금은 수양이 왕이다. 하지만 형수 앞에만 서면 왠지 쪼그라들고 몸 둘 바를 몰랐다.

"너는 내 아들 자리가 탐이나 빼앗았으니 나는 너의 아들 목이 탐이 나는구나, 하하하!!"

"형수님! 그것만은 제발…."

"네 입에서 제발 이라는 말이 나오기라도 한다더냐? 첫째도 데려 갈 것이고 둘째도 거두어 갈 것이다."

"안 됩니다. 형수님!"

"우리 오라비 목을 빼앗고 우리 어머니까지 죽인 네놈이 할 소리 더냐?"

"권자신은 단종 복위 운동을 획책해서 죽였고 어머니는 악담을 해서 그리 됐습니다."

"이누미 천지 분간을 못하는구나?"

"무슨 말씀이신지?"

"네놈이 내 아들 왕의 자리를 빼앗지 않았다면 복위 운동도 일어나지 않았지 않느냐? 원인을 제공한 놈이 저 자신을 모르고 있으니 네 아들 목을 거두어 간 다음에 너의 목도 거두어 갈 것이다."

"안 됩니다. 형수님!"

발버둥 치며 잠에서 깨어났다. 꿈이었다. 꿈에 형수가 나타나서 독설을 퍼붓고 침을 뱉었다.

현덕왕후의 악담이 영험했을까? 저주가 효과를 나타냈을까? 세조의 온몸에 피부병이 돋고 차기가 예약된 의경세자가 급사했다. 장안의 인심이 흉흉했다.

"도원군이 뒈졌다며?"

의경세자의 정식 군호를 부르지 않고 도원군이라 불렀다. 백성들이 쿠데타 정권의 정통성을 인정하지 않는다는 심증이다. 민심이 천심이다.

"19살 한창 나이가 아깝다."
"아깝긴 뭐가 아까워 뒈져도 싸지."
"지 애비를 잘 못 만나 일찍간게여."
"입조심들 혀, 잡혀가면 목이 두 개라도 부족하니까."
"잡아가려면 잡아가라고 혀. 살기도 팍팍한 세상 나랏밥 좀 먹게."
"누가 네깐놈 잡아다 밥 먹여 준다데?"
"포도청도 만원이라더라."

"전옥서도 넘쳐난다던데."

"하하하."

"흐흐흐."

피맛골에서 탁배기 한잔 놓고 쉰소리 삼매경이다.

세자의 죽음은 궁궐을 흔들었다. 정권을 이어가야 하는데 맏아들이 죽었다. 이거 보통 일이 아니다. 해양대군이 있지만 이건 적장자가 아니다. 더구나 아직 8세 밖에 안 된 어린아이다. 17세로 성장한 단종이 영월에 살아 있다. 비록 노산군으로 강등되어 절해고도와 같은 청령포에 갇혀 있지만 정통성에 무결점의 왕이다.

쿠데타 세력이 동요했다. 목숨 걸고 정난을 일으켰는데 여기에서 주저앉으면 밀린다. 도처에 도끼눈을 뜨고 바라보는 세력이 있다. 성삼문, 박팽년, 하위지 등 사육신을 역모 혐의로 멸문지화 시키고 800여 명을 처형하고 수천 명을 유배 보냈으나 생육신이 살아 있고 곳곳에 암약하는 반체제 세력이 있다. 한명회의 발바닥에 불이 붙었다.

"전하! 이판대감께서 찾아계시옵니다."

대전 상궁이 고했다. 강녕전은 왕의 사적 공간이다. 왕이 부르지 않은 사람은 출입할 수 없다. 왕비도 예외가 아니다. 왕이 후궁을 끼고 있는데 왕비가 불쑥 나타나면 어찌할 것인가. 왕과 신하가 국정을 나누는 곳은 사정전이다. 하지만 수양의 장자방 한명회에게만은 예외가 인정된 공간이다.

"들라 이르라."

합문(閤門)이 열리고 한명회가 강녕전에 부복했다.

"전하! 강녕하시었습니까?"
"강녕전에서 잠을 청해도 안녕하지 못 했소이다."

잔뜩 찌푸린 목소리다.

"지밀상궁이 밤새워주고 내금위 군사가 지켜주는데 불편하신 것이라도 있으셨단 말씀입니까?"

"아니오, 아니, 뭐 그럴 것까지는 없고, 그렇잖아도 부르려던 참인데 잘 와 주었소."
"무슨 하교의 말씀이라도?"
"그렇게까지야 할 게 없지만서두….."

수양이 말끝을 흐리며 떫은 표정을 지었다.

"하하, 어젯밤에 시달리셨군요."
"이판대감! 가까이 오시오."

한명회가 무릎걸음으로 수양 가까이 갔다. 왕과 신하는 일정 거리를 유지해야 한다. 사관 없는 독대도 위험하지만 귓속말을 금기사항이다. 하지만 수양과 한명회 사이는 금기라는 게 없다. 모든 게 통하고 사통했다.

"전하 그런 것 이라면 소생에게 맡겨 주십시요. 그게 내 전문이지 않습니까. 하하."

유심(瑜心)이 명심(明心)이고 명심(明心)이 유심(瑜心)이다. 수양의 본명은 이유(李瑜)다.

대전을 물러 나온 한명회는 광화문을 지나 삼정승이 머무는 의정부 아래 자신의 이조(吏曹) 집무실에 들어가 왕방연을 불렀다.

과거급제는커녕 38세 늦은 나이에 음서로 경덕궁 지기로 출사한 한명회는 친구 권람의 천거로 수양대군 휘하에 들어가 기회를 잡았다. 계유정난을 기획한 한명회는 살생부를 작성하여 황보인 김종서 등 원로대신들을 척살하고 쿠데타에 성공했다. 이때부터 한명회와 수양은 한배를 탄 동지이며 공동운명체였다.

정난공신 1등에 책록된 한명회는 군기시 판관을 시작으로 사복시 소원, 승정원 동부승지를 거쳐 도승지에 오른 다음 이조판서를 단숨에 꿰찼다. 전국의 관료를 장악한 것이다. 다음 수순은 병조를 접수하여 군권을 획득할 계획이다.

이조는 조선 팔도 관직을 관장하는 부서다. 문관은 이조정랑, 무관은 병조정랑이 전권을 행사했다. 특히 이조정랑은 권력부서 사헌부, 사간원, 홍문관의 관리 임용에 막강한 권한을 가졌던 관직으로 정승

판서도 함부로 대하지 못했다. 품계로는 정5품에 불과한 하급직이지만 밉보이면 자제나 휘하 관리들의 승진과 보임에 불이익을 당할 수 있다.

"그대가 노산군을 호위하여 영월에 다녀온 자인가?"

"네, 다감 마님!"

"그 때 누구랑 같이 다녀왔나?"

"첨지중추원사 어득해 대감이 총책임을 맡았고 군자감 정 김자행과 판내시부사 홍득경이 따랐으며 소인은 나졸 50명 중 하나였습니다."

"그때는 윗사람들 때문에 자네가 공을 세울 기회가 없었는데 이번에는 자네가 공을 세울 기회를 주겠네."

"명만 내려주신다면 이 목숨 다 바쳐 소임을 다하도록 하겠습니다."

왕방연이 한명회 앞에 넙죽 엎드렸다. 사나이는 자신을 인정해 주는 사람에게 목숨을 바친다 했던가. 50명 중에 자신을 낙점하여 공을 세울 수 있는 기회를 준나니 이 어찌 하늘이 내려준 기회가 아니고 무엇인가. 왕방연은 감지덕지 어찌할 바를 몰랐다.

"이걸 가지고 지체 없이 떠나게."

한명회가 교첩과 한지(韓紙)로 곱게 싼 봉지를 내밀었다.

교첩을 펼쳐 든 왕방연은 소스라치게 놀랐다.

교첩(敎牒)

왕방연

위 금부도사

천순(天順) 1년 10월 이라 쓰여 있고

조선왕보(朝鮮王寶) 국새가 큼지막하게 찍혀 있지 않은가.

의금부 직제상 정1품 제조가 있고 그 아래 판사와 지사 등 서열이 있지만 왕방연에게 금부도사는 아직도 갈 길이 먼 하늘 같은 직급으로 여겼다. 헌데, 그 관직이 내 앞에 떨어졌다. 가문의 영광이다.

4품 이상의 관리에게 왕이 주던 사령이 교지(敎旨)다. 이조에서 5품 이하의 관리에게 발급하는 사령은 교첩(敎牒)이라 했다.

"알아 모시겠습니다."

"서찰은 마상에서 읽어 보시게."

한명회가 품속에서 서찰을 꺼냈다. 수하 나졸 10명을 거느리고 이조(吏曹)를 나선 왕방연은 육조거리를 벗어나 운종가에 접어들었다.

"물렀거라 금부도사 나가신다."

벽제(辟除)꾼이 앞장서 소리를 질러댔다. 대감 행차도 아닌데 견마

잡이가 소리를 지른다는 것이 남새스럽지만 왕명을 받든 금부도사다. 말 잔등에 올라탄 왕방연이 가슴을 펴고 내려다 보았다. 길가던 백성들이 한켠으로 물러나 부복했다. 왕방연은 어깨가 으쓱했다.

백성들이 엎드려 있거나 말거나. 왕방연의 관심은 품속에 품은 밀서다. 무슨 내용일까? 궁금해 죽겠다. 한명회 대감이 말을 타고 가면서 읽어 보라 한 것은 관료들의 눈이 많은 육조거리를 벗어나서 읽어 보라는 말 일터, 그래도 운종가는 사람이 너무 많아 적절하지 않다. 어깨를 펴고 당당히 가야 하는데 보는 시선이 너무 많다. 빨리 흥인문을 지나야 하는데 말의 발걸음이 너무 느리다.

피맛골

벽제꾼은 가능하면 천천히 가는 게 위세를 떨기 좋다. 이런 기회가 항상 있는 게 아니다. 왔을 때 거들먹거려야 한다. 그래서 이들을 부르는 멸칭이 '거덜' 이다. 휙 지나가 버리면 너무 아쉽지 않은가. 가능하면 느릿느릿 위세를 떨어야 어깨가 올라간다. 벽제꾼의 생리는 말에 탄 세도가의 권위를 등에 업고 최대한 위세를 부려야 하는 것이다.

이들의 횡포는 이루 말할 수 없이 많았다. 백성들이 조금만 늦게 피해도 발길로 걷어차고, 주먹질이 예사였다. 이들이 밀쳐서 다리가 부서진 사람이 한둘이 아니고 이빨이 부러진 사람이 수 없이 많았다. 이들을 빗대어'거덜 났다'는 속어가 생겨났다. 이 꼴을 보기 싫은 사람들은 뒷골목으로 다녔다. 피맛골이다.

흥인문을 빠져나왔다. 흥인지문(興仁之門)이라고 쓰여진 현판이 새삼스러워 보였다. 숭례문, 돈의문, 숙정문 등 도성 4 대문은 모두 3 자로 이루어졌는데 유독 동대문만 4자다. 세상 사람들은 흥인문이 지세가 낮아 (之)자를 보했다고 하는데 도성을 설계한 정도전의 깊은 뜻을 알 것 만 같았다.

영도교를 지나고 살곶이 다리를 건넜다. 이제 배를 타는 광나루까지는 반식경 거리다. 농작물을 거두어들인 뚝섬 벌판이 황량하다. 농부들이 씨를 뿌리고 채소와 곡식을 가꿀 때는 푸른 들판이었지만 늦가을에 접어든 벌판은 낙엽만 날릴 뿐 밭에 나가 일하는 농부는커녕 오가는 사람 하나 없다.

오가는 사람이 없으니 "길을 비켜라"는 벽제꾼의 소리도 없다. 잠실에서 불어오는 바람만 깃속을 파고든다. 왕방연이 품속에 간직하고 있던 밀서를 꺼내어 펼쳤다.

'죄인 노산군을 사사하라'

왕방연은 놀라 말에서 떨어질 뻔 했다. 흔들리던 몸과 마음을 다잡은 왕방연은 밀서를 접어서 다시 품속에 넣었다.

"내가 왕을 죽이러 가는 사람이란 말인가?"

이건 가문의 영광이 아니라 불명예다. 아니 치욕이다. 충과 효를 배운 선비가 어찌 살아있는 왕을 죽이러 간단 말인가.

"내 마음의 임금님은 영월에 계신 전하다."

왕방연은 말을 돌려 도성으로 돌아가고 싶었다.

어릴 때 서당과 향교에서 배운 게 충효(忠孝)다. 논어, 맹자, 대학, 중용 사사오경과 소학, 가례, 근사록의 가르침은 나라에 충성하고 부모에 효도하라는 것이다. 임금님을 어버이같이 섬기고 부모님을 하늘같이 공경하라고 귀에 못이 박히도록 훈장님의 말씀을 들었다. 헌데, 내가 임금님을 죽이러 가는 사람이라니? 글을 배운 게 한스럽고 관직에 출사한 것이 원망스러웠다.

지난번 호종 대열에 참여했을 때는 그래도 유배가 풀리면 돌아올 것이라는 희망이 있었다. 노산군이 측은해 보이긴 했지만 불쌍해 보이지는 않았다. 그런데 이번에 차원이 다르다. 목숨을 빼앗는 일에 나선 것이다.

"품속에 간직하고 있는 봉지가 사약이란 말인가?"

온몸이 후덜덜 떨렸다. 독약이 심장을 파고드는 것만 같았다. 왕방연은 품속에 있는 봉지를 꺼내어 바람에 날려버리고 싶었다.

사약은 비소(砒素)와 부자(附子), 천남성(天南星)으로 이루어진 사약첩이다. 도착하여 한약 달이듯이 달여서 죄인에게 내려야 한다.

어느덧 광나루에 도착했다. 일행을 태운 거룻배가 훈풍을 타고 미끄러졌다. 뱃전에 부서지는 포말이 잔잔한 물결을 일으켰다. 포말 사이에 창백한 얼굴이 그려졌다 사라졌다. 소년의 얼굴이었다.

한양에서 금부도사가 떴다는 소식이 영월에 알려졌다. 도보는 7일 이상 걸리지만 급주마를 이용한 파발은 이틀이면 족하다. 말(馬)은 달림본능이 있지만 지구력이 약하다. 30리마다 있는 역참(驛站)에서 말을 바꾸어 타고 달리면 2일이면 당도할 수 있다.

관풍헌

단종이 홍수로 피양 나와 있던 영월 관아에 비상이 걸렸다. 한양에서 금부도사가 떴다지 않은가. 무슨 일인가는 모르지만 이거 보통 일이 아니다. 군수가 아전들을 긴급 소집했다.

질청에서 끗수를 겨루는 놀이에 여념이 없던 아전들이 부름을 받고 허둥지둥 뛰어나왔다. 자신들은 골방에서 투전판을 벌이면서 마을 사람들이 사랑방에서 노름을 하면 잡아들였다.

'내가 하면 심심풀이 장난이고 너희들이 하면 도박이다.'

압수한 판돈은 모두 나누어 먹고 동헌에 꿇어앉혀 '네 죄를 네가 알렷다' 엄포를 놓으면 돈이 나온다. 꿩 먹고 알 먹기다. 돈 되는 장사에 리 동마다 끄나풀을 풀어 정보를 받아 현장을 급습했다.

달려 나온 아전들이 서로의 얼굴을 바라보며 눈동자를 굴렸다. 뭔가 낌새를 찾고 싶었지만 지피는 게 없다. 투전놀이 하는 걸 통인 아이들이 고해 바쳤을까? 어제 밤에 내아(內衙)에 넣어 주었던 홍진이가 마음에 들지 않았을까? 아무리 머리를 굴려봐도 원님한테 질책을 당할 일은 없는 것 같았디.

지방 관아에는 육방관속이 있다. 중앙의 육조체제를 본떠 이방, 호방, 예방, 병방, 형방, 공방 아전이다. 고을 사정에 밝은 토호(土豪)들이다. 이들은 국가에서 임명한 자들이 아니기 때문에 녹봉(월급)이 없다. 2년 임기제 사또는 지방 사정에 어두워 이들을 내세워 백성들을 수탈했다. 콩고물은 아전들 몫이다. 뿐만 아니라 역(役)을 감면해 주거나 범죄에 연루된 자들을 뒷구멍으로 빼주는 역할도 이들이 전담 창구다.

"한양에서 금부도사가 온다는 통보를 받았다. 그대들은 무슨 일이 라고 생각되는가?"

사또가 수염을 쓰다듬으며 좌중을 휘둘러 보았다.

"전하를 모셔가려고 내려오는 것 같습니다."

예방아전이 누런 이를 드러내며 주억거렸다.

"전하 같은 소리 마라. 한양에서는 전하지만 여기서는 죄인이다."

군수가 소리를 질렀다. 단종이 청령포에 유배 온 이후에 군수는 하 루도 편하게 잠을 이루지 못했다. 고을 백성들은 곤드레가 무성한 산간 벽지에 나랏님이 왔다고 연민의 정을 보내지만 공직자인 군수 는'잘해야 본전' 사고가 터질까봐 바늘방석이다. 영월군수를 마치고 한양으로 올라가는 길을 좌의정 대감에게 손을 써놨는데 여기에서 사고가 터지면 모든 게 물거품이다.

"배소에 큰물이 차올라 부득이 죄인을 긴급피난 시키기 위하여 선 조치 하고 한양에 장계를 올려 사후 추인 받았지만 물이 빠진 후 배 소로 돌아가지 않고 관풍헌에 머물게 한 것은 승인을 받지 않았으니 죄를 물으러 오는 것이라 생각됩니다."

형방아전의 목소리에 사또의 다리가 후들거렸다.

"우기에 또다시 장대비가 쏟아져 홍수가 날까봐 관풍헌애 머물고 있는데 무슨 법으로 따진답니까?"

공방아전이 목소리를 높였다. 고을 우마길과 물길을 담당하는 공방아전은 자신에게 불똥이 떨어질까봐 안절부절이다.

"중추절도 지나 홍수가 다시 올 것 같지 않은데 인정에 이끌리어 죄인을 관풍헌에 둔 게 실책입니다. 우리 고을에 전하가 오신 것이 아니라 죄인이 왔드랬습니다. 죄인은 죄인답게 배소에 있어야 합니다."

예방아전이 원칙론을 내세웠다. 홍수가 지나갔으니 또 큰물이 들어 죄인을 다시 옮겨오는 한이 있어도 원위치로 옮기자는 것이다.

"이웃 고을 순흥에서 금성대군의 거사가 실패로 돌아간 이후에 내려오는 금부도사는 불길한 예감이 듭니다."

엄흥도의 낯빛이 어두웠다. 수석 아전 이방은 호장 엄흥도가 겸하고 있었다.

"이 사람아 말조심하시게, 순흥 거사가 무언가 금성대군 역모 사건이지."

사또가 정색을 했다. 금성대군이 유배되어 있던 순흥에서 '단종복위운동'이 터졌다. "순흥부에 드나드는 사람들의 동태가 수상하다"는 이웃 고을 기천 현감의 장계와 순흥부 관노 정소(丁김)의 밀고로 모의 과정이 탄로나 금성대군이 사사되고 순흥부사 이보흠이 처형되었다. 이로 인하여 반역의 땅으로 지목된 순흥도호부가 혁파되어 영주로 강등되었다. 고을 명칭이 사라진 것이다.

　쿠데타 세력은 '단종복위운동'을 빌미로 단종을 옹위하려는 반체제 싹을 자르기로 했다. 단종의 장인 송현수를 교형에 처하고, 단종의 외할아버지 권전을 반역의 무리로 규정하여 이미 사망한 그의 무덤을 파헤쳐 부관참시하고, 그의 아들 권자신과 손자를 교형에 처해 가족들이 노비로 뿔뿔이 흩어지게 하여 멸문지화 시켰다.

　쿠데타 세력은 안산에 있던 단종의 어머니 현덕왕후 소릉(昭陵)을 파헤쳐 유골을 토막 내어 소각한 다음 바다에 뿌리고. 현덕왕후의 신주를 종묘에서 내쳤다. 이는 조선 왕실 역사 이래 유일무이한 만행이었다.

　여기에서 멈추지 않은 쿠데타 세력은 순흥 지역 유생을 다수 처형하여 소백산 연화폭에서 발원하여 회룡포와 삼강을 거쳐 낙동강으로 흘러드는 서천에 핏물이 흘렀다. 이로 인하여 안동, 예천을 비롯한 영남 지역 선비가 다수 연루되어 처벌받았다. '정축지변'의 피바람이다.

　뿌리는 깊었다. 뽑아도 뽑아도 뿌리는 뽑히지 않았다. 실천적 도덕과 성리학적 의리를 강조하며 보수적인 정몽주와 길재를 숭상하는 학풍은 김종직으로 이어지며 김굉필 이언적으로 계승되었다. 옥산서원을 중심으로 한 토양은 영남 남인의 강력한 인적 자산이 되었으며 퇴계 이황이라는 걸출한 인물을 배출하며 지적 자산이 풍요로워졌다.

단종의 유배지 영월과 금성대군이 위리안치되어 있던 순흥과는 100리 남짓이다. 고치령을 넘으면 장정 걸음으로 하루길 이다. 경계가 심한 고치령을 피해 수라지재를 넘어도 하루 반이다. 순흥이 적색지대라면 가까운 거리에 있는 영월은 요주의 지대라고 조정에서 예의 주시하고 있다. 영월군수 김계창이 떨릴 수밖에 없다.

"날벼락이 떨어지기 전에 어서 죄인을 배소로 옮깁시다."

호방아전의 목소리가 다급하게 떨렸다. 인정에 끌려 머뭇거리다 광풍이 불면 너나없이 다친다. 사또는 물론 아전들 모두 굴비 엮이듯 한양으로 끌려가지 말란 법이 어디 있는가. 미리 준비가 되어 있으면 걱정할 것이 없다고 서경의 '열명편'에도 나오지 않았던가. 유비무환(有備無患)이다.

"죄인을 배소로 옮겨라."

영월군수 김계창의 명이 떨어졌다. 조용하던 관아에 노복들의 발걸음이 바빠졌다. 하지만 익숙한 일이다. 부리나케 뛰어서 순식간에 단종을 청령포 배소로 옮겼다.

청령포 배소

단종이 은밀하게 통인을 불렀다. 단종의 부름을 받은 아이가 무릎 걸음으로 다가갔다. 단종이 청령포에 온 이후 처음부터 시중을 들던 통인 아이다. 통인은 고을 아전 자제 중에서 12~16세 되는 아이 중에 똘똘한 아이를 골라 심부름을 시키고 머리를 쓰다듬어 주거나 용돈을 주었다.

"한양에서 사람이 온다는데 불길한 생각이 드는구나."
"소인의 생각도 찜찜름하드래요."
"설마 나마저 해치기야 하겠느냐?"
"사육신도 척살하고 안평대군과 금성대군마저 죽인 사람이 뭔들 못하겠습니껴?"
"말조심하거라, 아차 하면 목이 달아 난다."

"이 목숨 전하를 모실적부텀 벌써 내논 목심이래요."

"숙부도 인간인데 괴롭지 않겠느냐?"

"매련엄시 많은 사람을 죽인 인면수심인데 양심의 가책이나 있겠나여?"

"어허! 말 조심 하래두."

이때, 밖에서 발자국 소리가 들렸다. 입에 가져간 통인 아이의 때 묻은 검지손가락이 귀엽다. 어전 같으면 경망스러운 행동으로 질책 받아야 마땅 하지만 여기는 청령포 배소다. 잠시 침묵이 흘렀다. 말을 멈춘 단종과 통인이 서로의 얼굴을 바라보았다. 말은 없었으나 눈빛으로 대화가 오갔다.

"더 가까이 오너라."

"네 전하!"

통인이 단종 가까이 바짝 붙었다.

"내 너에게 처음이자 마지막 부탁이 있다."

"마지막 부탁이라니 고개 부신 소리래요, 소인은 전하를 끝까정 모실 것이래요."

통인 아이의 얼굴에 굳은 각오가 서렸다.

"더 가까이 오너라."

"네, 전하!"

"귀 좀 빌리자."

통인의 귀와 단종의 입이 가까워졌다.

"이 나라의 왕은 나다."
"지당하신 말씀입니다요."
"하늘이 무너져도 정통성은 나에게 있다."
"여부가 있겠습니까, 당근 빠따지기요."
"시세가 불안하여 이 몸이 영월에 와 있다."
"곧 환궁하실 겁니다."

귀를 들이대고 있던 통인 아이가 단종의 얼굴을 바라보았다. 초롱
초롱한 눈동자가 빛나고 있었다.

"왕을 죽이면 그 사람도 마음 아파할 것이다."
"그러기야 하겠지요."
"명을 받아 집행한 관리도 괴로워할 것이다."
"고야 머, 말할 것도 없지기요."
"내, 그들의 노고를 덜어주려 한다."
"무신 말씀이신가요?"
"내 이런 날이 올 것이라 예상하여 준비해 둔 것이 있다."
"무엇이옵니까?"

단종이 소매 자락에서 무엇인가를 꺼냈다.

"이것은 갓끈이지 않습니까?"

통인이 눈을 크게 뜨고 단종을 바라보았다.

"이 끈을 내 목에 걸어 문고리에 걸어두어라. 바람이 내 목숨을 빼앗아 가면 숙부도 왕을 죽인 혐의에서 벗어나고 한양에서 내려온 도사도 왕을 죽인 죄책감에서 벗어나지 않겠느냐."
"전하! 아니 될 말씀입니다. 분부를 거두어 주소서."

통인 아이가 눈물을 글썽거렸다.

"시간이 없다. 냉큼 시행하라."

통인이 갓끈을 문고리에 걸고 다른 쪽 끈을 단종의 목에 걸려는 순간.

"죄인은 어명을 받으시오."

금부도사 왕방연이 금군을 이끌고 배소에 도착한 것이다.

"뭘 이렇게 꾸물거리는 것이오? 냉큼 어명을 받으시오."

배소 마당에 돗자리가 깔렸다. 의관 매무새를 고친 단종이 조용히 입을 열었다.

"명만 있고 글은 없습니까?"

목소리는 나직했으나 당당했다. 금부도사 왕방연이 당황했다.

"죄인은 무엄하게도 어명을 따지려 드는 것이오?"
"따지는 것이 아니라 명문이 있어야 받들 것 아닙니까?"

단종의 목소리는 잔잔하지만 위엄이 있었다.

"죄인을 사사하라는 어명이오."
"사사라 하셨습니까?"
"그렇소."
"도사도 잘 아시다시피 조선 팔도의 백성이 왕이 되고 싶다고 해서 다 되는 것이 아니잖습니까. 과인은 세종대왕 시절에 문종대왕의 아들로 궁에서 태어났습니다. 궁에서 적장자로 태어나 왕위에 오른 왕을 사사하라 할 때는 합당한 사유가 있어야 할 것 아닙니까? 이유가 뭐라 합디까?"

단종의 눈초리가 매서웠다.

"그런 것은 모릅니다."

궁색해진 금부도사가 시선을 피했다.

"과인은 문무백관과 만백성의 축하를 받으며 경복궁에서 즉위했습니다. 이러한 왕을 사사하려면 죄목이 있어야 할 것 아닙니까?"

"그것도 모릅니다."

"모르다니요? 도사가 그런 것도 모르고 명을 집행한단 말이오?"

왕방연이 꿀 먹은 벙어리가 되었다.

"알겠소. 도사를 책망한 것이 아니오니 너무 노여워 마오. 명문도 없는 명(命)이지만 전하의 명이라 하니 따르겠소. 잠시 정리할 일이 있으니 말미를 주시오."

도사가 금군을 끌고 물러났다.

"지필묵을 가져오너라."

통인이 지필묵을 대령했다. 단종의 손에 잡힌 붓이 하얀 백지를 적셔나갔다. 일필휘지(一筆揮之)다.

풍진무한 인명유한(風塵無限 人命有限)
바람에 날리는 티끌은 한계가 있으나 사람의 명은 한계가 없다

"아바마마께 예를 올리도록 허락해 주시오."

옷 매무새를 고친 단종이 북쪽을 향해 3배를 올렸다. 임금이 있는 경복궁을 향한 것이 아니라 부왕 문종이 잠들어 있는 동구릉을 향한 것이다.

자리에 정좌한 단종이 약사발을 들었다. 감색 사약 수면에 하얀 뭉게구름이 떠 있다. 하늘에 흘러가는 구름의 반영이었다. 구름 사이로 어디선가 많이 본 듯한 얼굴이 보였다. 꿈에만 보던 얼굴이다. 자신을 낳고 산후병으로 이틀 만에 돌아가신 어머니 현덕왕후였다. 엄마가 하얗게 웃고 있었다. 그 눈망울이 슬퍼 보였다.

"어마마마!"

불러보았으나 목소리는 나오지 않았다.

"전하! 예까지 오느라 얼마나 고생이 많았습니까?"

입술이 파랗게 떨렸을 뿐, 목소리는 들리지 않았다.

단종이 단숨에 사약을 들이켰다. 독기가 온몸에 퍼져 나갔다. 정신이 몽롱해지면서 무릎이 풀렸다. 비소에 부자와 게의 알을 으깨어 꿀에 뭉치고 제련하지 않은 황금가루와 독극물을 넣어 만든 환을 소주에 풀어놓은 사약(賜藥)을 마셔서 그럴까. 주기(酒氣)가 혈관을 타고 빠르게 퍼져 나갔다.

엄습해 오는 통증과 구름 위를 나는 것만 같은 환각이 교차했다. 이때였다. 혼미한 정신 속에서 누가 부르는 소리가 들렸다. 정순왕후였다. 영도교에서 헤어졌던 바로 그 부인이었다.

"부인!"

손을 뻗어 잡아보려 했으나 잡히지 않았다. 단종의 팔이 허공을 맴돌았다. 찬바람이 스산하다. 정신이 가물가물하다. 이승과 저승의 경계선에서 희미하게 보이던 부인의 얼굴이 사라졌다. 피를 토하던 단종이 눈을 부릅뜨며 소리쳤다.

"이보시오 금부도사! 사약이 남아 있으면 더 주시오."

금부도사 왕방연으로부터 약사발을 받아 든 단종이 목마른 사슴이 물을 들이키듯 벌컥벌컥 들이마셨다. 그때였다.

'쨍그랑'

약사발 깨지는 소리와 함께 선혈이 낭자한 단종이 앞으로 꼬꾸라졌다. 몽롱한 의식 속에서 흐트러지는 자세를 고쳐 잡으며 그래도 머리는 부왕이 잠들어 있는 북쪽을 향하여 숨을 거두었다. 이 때 단종 나이 16세였다. 한이 맺혀서 일까? 단종의 주검은 두 눈을 부릅뜨고 있었다.

임무를 마치고 돌아가던 왕방연은 솔치 고개에서 하늘을 바라보았다. 푸른 하늘에 흰 구름이 떠가고 있었다. 허무했다. 인생도 부질없고 관직도 의미가 없었다.

"내가 이러려고 관직에 나아갔나?"

자괴감이 밀려왔다.

천만리 머나먼 길 고운 님 여의옵고

(千里遠遠道 美人離別秋)

내 마음 둘데 없어 냇가에 앉았으니

(此心無所着 下馬臨川流)

저 물도 내안같아 울어 밤길 예놋다

(川流亦如我 鳴咆去不休)

주천강에 시 한 수 남겨놓고 한양길을 재촉했다.

왕방연 시비

미쳤다. 미쳤어, 세상이 미쳤다

땅거미가 내려앉은 관인방 한명해 저택. 가마에서 내린 양정이 좌우를 두리번거리며 한명해의 사저로 스며들었다.

"어서 오시게 양정 아우님!"

한명해가 버선발로 뛰어나오며 반갑게 맞이했다. 평소 같으면 아우님이라고 부르는데 양정이라는 이름을 붙였다. 부탁할 때와 지시할 때의 어법이 다르다.

"어인 일로 이 늦은 밤에 소인을 부르셨습니까?"
"성질도 급하기도 하셔. 어여, 들어오시게."

질펀하게 주안상이 차려졌다. 예나 지금이나 관인방은 술과 인연이 깊다. 관인방과 사동이 합쳐져 인사동이 되었으니 말이다.

"무슨 말씀이십니까?"

세종대왕의 후궁이자 단종을 길러낸 혜빈 양씨가 양정의 9촌 고모뻘이다. 한명해의 추천으로 계유정난에 가담한 양정은 김종서의 아들 김승규를 직접 죽이고, 철퇴를 맞고 구사일생 살아나 소덕문 밖

아들 승규의 처갓집에 숨어 있던 김종서를 찾아내 살해했던 핵심 공신이다.

"왕방연이 돌아왔으니 자네가 알아서 처리해주게."

한명해가 술을 쳤다. 손은 술잔에 가 있지만 눈은 양정을 뚫어지게 쳐다보았다. 깔끔하게 처리하라는 암묵적인 지시다.

"여부가 있겠습니까. 하하하."
"어서 들게."

두 사람은 밤이 이슥하도록 마셨다.

"일이 끝나면 압구정으로 부르겠네."
"삼배탕도 있습니까?"
"있다마다 이 사람아!"
"하하하."
"하흐하흐."

삼배탕, 이거 당대의 명물이었다. 중국 사신이 조선에 들어오면 황제칙사라고 극진히 대접했다. 경회루에서 가무가 펼쳐지고 태평관에서 산해진미가 그득한 연회가 베풀어졌다. 공식적인 행사에 식상한 사신단은 여태까지 경험 해보지 못한 짜릿한 향연을 은근히 요구했다. 이들의 판타지는 한강 뱃놀이였다. 경관이 수려한 한강에 배 띄워놓고 배 위에서 배 타고 배를 깎아 먹는 '삼배탕' 맛이란 천하일

품이었다.

이들의 뱃놀이는 양천팔경을 끼고 있는 양화진과 노들나루에서 벌어졌다. 하늘에 둥근달이 떠 있는 보름날이라도 되면 잔잔한 물결 위에도 둥근달이 흔들리고, 하늬바람에 조각배도 흔들리고, 한잔 술에 취기가 오른 여인의 눈동자에 떠 있는 달도 흔들리는 흔들림의 미학이 주는 환상의 밤이었다. 그뿐이랴 배 위에서 배가 흔들리면 열락의 밤이었다.

압구정에 정자를 마련한 한명회는 중국 사신을 초대하여 자신의 위세를 과시했다. 임금을 패싱하는 무례한 작태라고 지적을 받았지만 왕의 총애를 등에 업은 한명회는 거침없이 행했다. 큰 배가 작은 배를 끌고 나가 뚝섬 앞 한강에 닻을 내려놓고 기생과 배를 넣어 주는 한명회표 '삼배탕'은 북경까지 소문이 자자했다.

한명회는 자신의 정적을 압구정으로 초대하여 '삼배탕'으로 회유하기도 했고, 욕심나는 덩치가 보이면 은근히 초대하여 '삼배탕'을 맛보이며 자신의 수하로 포섭했다. 한명회표 '삼배탕'은 칠삭둥이 신체 조건을 극복하는 한명회의 전술 무기였다.

겸재/정선 압구정(간송미술관 소장)

  술을 치고 잔을 받고 주거니 받거니 시간도 끝났다. 대취한 양정이
가마꾼을 돌려보내고 걷기 시작했다. 한명해 사저를 나선 양정이 사
동 모퉁이를 돌아 운종가에 들어섰다. 흥인문에서 돈의문에 이르는
도성 대로다. 통행금지를 알리는 인정(人定)의 종소리가 울렸던 게 언
제였던가. 살벌한 시국이라 운종가에 사람은커녕 개미 새끼 한 마리
없었다.

  비틀거리며 운종가를 걷던 양정이 뇨기를 느꼈다. 좌우를 두리번
거렸다. 전옥서와 의금부를 지키는 문지기들이 불을 밝혀 놓고 있어
마땅한 곳이 없었다. 눈을 크게 뜨고 살펴보니 기와집 한 채가 시야
에 들어왔다. 괴춤을 내린 양정이 기와집 기둥에 줌발도 쎄게 갈겼

다. 배설의 시원함을 느끼며 자세히 보니 보신각이었다.

양정이 보신각에 들어가 종을 쳤다. 때아닌 종소리에 궁궐에서 잠들어 있던 수양도 놀라고 장안의 백성들도 놀랐다.

"미쳤다. 미쳤어, 세상이 미쳤다."

성미는 괄괄했으나 바른말 하는 체질이다. 보신각에서 나온 양정이 의금부 앞을 지나면서 꽥 소리를 질렀으나 누구 하나 얼굴을 내밀지 않았다.

수양대군의 행동대장 양정은 정난공신 1등에 책록되어 승승장구했으나 훗날 바른말이 문제가 되어 수양에 의해 처형되었다.

끝

참고문헌

- 조선왕조실록
- 연려실기술
- 용재총화
- 동국여지승람
- 세종실록지리지
- 금계필담

단종비사

1판 1쇄 발행 2026년 4월 17일

저자 이정근

편집 윤혜린 **마케팅·지원** 조아라

펴낸곳 (주)하움출판사 **펴낸이** 문현광

이메일 haum1000@naver.com **홈페이지** haum.kr
블로그 blog.naver.com/haum1000 **인스타그램** @haum1007

ISBN 979-11-7374-389-4(03810)